LA

DIVINE ODYSSÉE

C.

LA
DIVINE ODYSSÉE

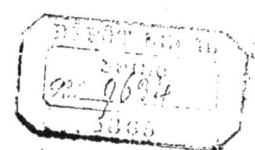

PAR

SIMÉON PÉCONTAL

PARIS

IMPRIMÉ PAR E. THUNOT ET Cⁱᵉ,

26, rue Racine.

1865

LA

DIVINE ODYSSÉE.

PRÉLUDES.

LA MER.

Spiritus intús alit.

I

Dans un vieux golfe, il est un cap sombre et plaintif,
Dont l'âge de granit touche au temps primitif.
Sur ce cap que les vents disputent aux mélèses,
L'œil vers la mer, un soir, j'osai seul m'avancer.
C'était l'heure où les flots s'indignent des falaises ;
La lune se levait et semblait les presser,
Tandis qu'en se couchant le soleil, qui l'éclaire,
Envoyait devant lui l'aurore l'annoncer
    A d'autres pays de la terre.

1

Et dans ce jour douteux, flottant sur mon chemin,
Je regardais monter la marée et la nue ;
Je comparais la mer à l'océan humain,
Et j'écoutais les voix de la grande inconnue,
Accoudé contre un roc, et le front dans ma main.

Je sais, disait la Mer, je sais le sens des choses,
Leur principe, leur fin et leurs métamorphoses.
Je suis l'élément pur, le sein universel,
Où l'avenir s'allaite et se tient en réserve ;
        Je suis le mucus et le sel,
        Ce qui produit, ce qui conserve !

Et l'on m'accuse avant de pouvoir me juger,
D'éternelle menace et d'éternel danger !
Mais la terre est mon œuvre, et je la trouve belle ;
Je l'aime, et je ne suis trois fois plus grande qu'elle,
Que pour mieux la servir et mieux la protéger.
Je m'en souviens, avant qu'elle fût ferme et stable,
Lorsqu'à des feux d'enfer Dieu la faisait bouillir,
C'est moi qui l'éteignais pour la rendre habitable,
Et je n'y peux penser encor sans tressaillir.

Oui, moi, la haute Mer, je sers ma créature !
Avec quels vifs transports, quel amoureux dessein,
Je lui passe mes bras autour de sa ceinture,
Et, pour la féconder, je plonge dans son sein !
Et, malgré moi, parfois, si je la terrifie,
Lorsque, jouet des vents, ne me connaissant plus,

J'engloutis sans pitié ce qu'elle me confie,
De mes eaux chaque jour le flux et le reflux
Lui rend plus de trésors que n'en prit ma colère ;
Et mes apaisements, mes amours et les siens
Sont pour elle une source incessante de biens
Plus réels que le mal d'un orage éphémère
Qui lui-même est un bien, destructeur des fléaux
Que cet autre océan, l'air, endort dans ses flots.

Moi, j'endors peu les miens, et même quand leur face
S'aplanit, immobile, ou sur mes bords se glace,
Je vais sous mon manteau de feux ou de frimas,
Et, par de longs courants qu'aux regards je dérobe,
Du pôle à l'équateur je fais le tour du globe,
Et je tempère ainsi la rigueur des climats.

Je suis lasse à la fin de tous ces noms funèbres
Que m'infligent toujours l'ignorance et la peur :
L'homme, avec son aimant et sa noire vapeur,
Va droit dans mes déserts, et lit dans mes ténèbres.
Et que ne voit-il pas de mystères profonds
Quand il ose plonger dans mes gouffres féconds !

J'ai des jardins de pourpre et d'hyacinthe
Qu'habitent des êtres en fleurs !
Des palais de cristal dont j'allùme l'enceinte
D'arcs-en-ciel enflammés des plus vives couleurs.
J'ai des forêts de madrépores,
Des royaumes de polypiers ;

Des rocs suant la vie et l'émail par leurs pores,
Des mollusques pouvant respirer par leurs pieds !

Les perles, les rubis, les saphirs, ces étoiles
Que les reines, les rois et les dieux sont jaloux
D'attacher à leur front, de suspendre à leurs voiles,
Ils pavent mes chemins ainsi que des cailloux !

Je n'ai qu'une saison, saison d'amour ! mes ondes,
Au lieu d'être un tombeau, sont un foyer de mondes.
Tout m'est bon pour créer ; mon incessant travail
Peut faire un continent d'un rescif de corail * ;
Un continent prévu, peut-être le refuge,
La planche de salut du pauvre genre humain ;
Car, tous les dix mille ans, je me mets en chemin,
Et je change de pôle en criant : au déluge !

Ah ! sur son nouveau sol, qu'il croit avoir conquis,
Et qu'inculte lui-même il défriche et laboure,
Si de son propre toit l'homme s'était enquis,
— Mais il s'enquiert si peu de tout ce qui l'entoure, —
Il saurait ce qu'il doit de bienfaits à la mer ;
Il saurait que Paris, cette gloire des gloires,
Ce centre et ce départ de toutes les victoires,
Cette reine du monde, et dont le monde est fier,
Il saurait que Paris est bâti d'infusoires !

* Il existe des rescifs de corail qui ont plus de cent lieues d'étendue.

De mes êtres partout l'enfantement est tel
Que leurs variétés, leur nombre incalculable
Désespèrent les grains de poussière et de sable,
Et jettent des défis aux étoiles du ciel.
Ces êtres, par moments, dans leurs effervescences,
Me font flamber d'amour et de phosphorescences ;
J'ai vu plus d'un vaisseau tenter de reculer
Devant mes vagues d'or qui lui semblaient brûler.

Mais j'ai des jours de deuil après des jours de fête,
Des caprices aussi : rien qu'un seul coup de tête
M'a suffi pour te vaincre, invincible Armada !
J'ai vu crouler, au bruit d'une longue défaite,
L'empire et la cité que Constantin fonda,
Tout un monde passer sous le joug du Prophète !
Triomphe qu'à Lépante expia Mahomet.
Je soumets tout, et rien au fond ne me soumet.

L'homme, qui juge moins le fond que la surface,
Croit que parce que rien ne se lit sur ma face,
Rien ne laisse en mon cœur trace ni souvenir.
Erreur ! tout m'est présent, le passé, l'avenir.
Il n'est pas un empire, un temple, une colonne,
Qui ne vienne en tombant m'apporter un écho :
L'Euphrate m'a conté Cyrus et Babylone ;
Cédron, Jérusalem ; le Jourdain, Jéricho.

Les fleuves sont mes fils ; leur véritable mère,
C'est moi ; c'est de mes flancs que leur glorieux père,

Le soleil, mon époux, les tire, et dans les airs
Les suspend en vapeurs, pompe leurs sels amers ;
Puis sur l'aile des vents ils poursuivent leurs courses,
Et quand leur vol trop lourd enfin s'est ralenti,
Ils tombent sur les monts, et s'y changent en sources
Pour revenir au sein d'où chacun est sorti.
Et c'est ainsi que tout, fleuves, ruisseaux, fontaines,
Me murmure les bruits des régions lointaines.

Ces deux grands inconnus, qu'on aborde en tremblant,
La sombre forêt vierge et le désert brûlant,
Par un chemin d'azur qui marche entre deux terres,
Me viennent raconter leur vie et leurs mystères.

Que n'ai-je pas appris des sept bouches du Nil ?
Ah ! ce n'est point à moi qu'il peut cacher sa source ;
Il sort de l'équateur, puis va de l'Est vers l'Ourse ;
Cherchez ; c'est un dédale obscur dont j'ai le fil.

Et que ne sais-je pas de la Chine et de l'Inde ?
Ces pays n'ont pour moi ni murailles, ni monts :
Avec le Fleuve Jaune, et le Gange, et le Sinde,
J'entends battre leurs cœurs, j'ausculte leurs poumons.

Ah ! chaque fleuve aussi, comme un roi tributaire,
M'apporte avec ses eaux les larmes de la terre.
Avant, pendant, après les temps diluviens,
Comme elle en a versé de ces pleurs qui la baignent,
De ces flots que l'on dit plus amers que les miens,
Et qui coulent des yeux lorsque les âmes saignent !

Et c'est ce qui, parfois, rend si triste mon front.
Mais ces pleurs que l'Euphrate, et le Gange, et le Tibre,
Que l'esclave Néva, que la Tamise libre,
Me versent, m'ont versés, et qu'ils me verseront,
Comme Dieu, je les garde au fond de ma colère,
Prête, s'il me fait signe, à briser ma barrière,
Pour aller, en changeant de lit et de niveau,
Effrayer les humains d'un déluge nouveau.

Mais est-ce encor par moi que doit passer la terre,
Ou par ses propres feux ? Comme l'humanité,
Mourra-t-elle de froid et de caducité ?
Et moi-même, à mon tour...? O mystère ! mystère !...
Qu'importe ? En attendant les révolutions,
Je poursuis mon destin et mes créations,
Et de chansons d'amour, de rivage en rivage,
Je me berce et m'endors, ou m'excite à l'ouvrage.

Oh ! que j'aime à sentir palpiter sur mon dos
Ces vaisseaux à trois ponts qui lancent des bordées
A mettre en feu l'écume, et la nue en ondées ;
Et qu'ils me font bondir sous leurs légers fardeaux,
Quand leurs Tritons, debout sur le gaillard d'arrière,
Sonnent, la conque au vent, une marche guerrière !

J'aime aussi le refrain plaintif des matelots,
Lorsque au son cadencé de leur voix rude et tendre,
La proue en écumant fait bruire les flots,
Et que mes grands dauphins accourent pour l'entendre.

Que de secrets d'amour, que d'aveux, de sanglots,
N'ai-je pas recueillis, soit qu'à travers la hune
Le vent me les apporte en y mêlant les siens,
Ou que j'aille moi-même, aux lueurs de la lune,
Suivant le gondolier de lagune en lagune,
Écouter ces accents plus profonds que les miens,
Ces accents inspirés que Dieu souffle au poète,
Et qu'éternellement mon écho lui répète !

Grâce à ces chants divins, les plus beaux qu'Apollon
Ait jamais inspirés dans le sacré vallon,
Et dont mes archipels d'Egée et d'Ionie
Se racontent entre eux la gloire et le génie,
Je crois ouïr encor la chute d'Ilion.

Je sais tout ; je riais, — mais d'un rire homérique, —
Quand Christophe Colomb, ce grand navigateur,
Faisait son odyssée, et, d'erreur en erreur,
En croyant découvrir, dans sa marche héroïque,
L'Inde à son occident, découvrait l'Amérique !

Encor, si je voulais, pourrais-je dénier
A ce hardi Gênois l'heur d'être le premier
Que mes flots complaisants aient porté vers ce monde.
Plus d'un hardi pêcheur, ou Basque, ou Norwégien,
L'avait bien devancé ; mais qu'en savait-il ? Rien.
Puis il a tant souffert, et, de leur lèvre immonde,
L'ignorance et l'envie, implacables bourreaux,
Ont bavé tant de honte à ce front de héros,

Que je n'aurai jamais le courage funeste
De marchander la gloire à qui la manifeste.
Que la Terre le fasse, à son gré ; moi, la Mer,
Je trouve qu'à ses fils elle la vend trop cher.
La gloire ! Elle ne vaut jamais ce qu'elle coûte.
Découvrez un secret qui vous rende immortel,
Vous êtes sacrilége, et brûlé comme tel.
Semez quelques bons grains le long de votre route,
Elargissez le cœur, la vue et l'horizon,
On vous crève les yeux pour prix de la leçon.

Ah ! la Terre est bien jeune ! elle a tout le caprice,
Toute la barbarie et tout le sans-façon
D'un bel enfant gâté qui battrait sa nourrice,
Et se croit arrivée à l'âge de raison,
Parce qu'elle a pu faire, en prouvant qu'elle est ronde,
Deux ou trois pas depuis qu'elle est venue au monde !
Et c'est ce qui, parfois, rend son verbe si haut.
Mais sa marche, après tout, n'est que chute ou cahot.

—N'est que chute ou cahot!.. Mensonge, erreur, blasphème,
Cria soudain la Terre, interrompant la Mer.
Je trébuche, c'est vrai ; mais, toi, vieux gouffre amer,
Tu ne sais pas encor te conduire toi-même :
Il te faut, quand tu veux pénétrer jusqu'à moi,
La lune et le soleil pour te mettre en émoi.
Ah ! tu juges la Terre ! et la Terre te juge ;
Ronge ton frein ; le ciel ne veut plus de déluge,

Stérile agitateur, que rien ne peut fixer,
Et qui vas, vas toujours, sans jamais avancer !

Et maintenant comprends, surface d'eau qui railles,
Dans quelles cavités j'enfonce mes entrailles.
Mon cœur brûlant me bat à faire tout trembler,
Et j'ouvre les volcans lorsque je veux parler.
Et c'est moi qui, parfois, quand ta plainte me lasse,
En soulevant mon dos, te fais changer de place,
Et t'oblige à chercher ailleurs un autre lit.
Dans mon livre, voilà ce que partout on lit.

Tu commences la vie, ou plutôt tu l'ébauches ;
Moi, je la continue, et j'en surprends les lois ;
Et la confusion se débrouille à ma voix,
Et je mets ordre et fin à tes folles débauches,
A ces hideux produits antédiluviens !
Tu ne m'en parles pas, mais, moi, je m'en souviens,
Et je garde leurs os au fond de mes archives ;
Je les mets hors du temps et loin du ver qui mord,
Et j'éternise ainsi les formes fugitives,
Les formes de la vie au milieu de la mort !
Et pour que l'homme y trouve une leçon utile,
Lorsque par mes soucis, par les soins que je prends,
Il peut refaire un monde à l'aide d'un fossile,
J'efface de mon front les pas des conquérants,
Et je comble d'oubli le lit de ces torrents.

Garde donc tes grands mots de pitié pour toi-même.
Je sais quelle est ma tâche, et je veux la remplir ;

Il me faut croître, apprendre, aimer et m'embellir,
Et je crois, et j'apprends, je m'embellis, et j'aime ;
Et lorsque, lasse enfin de porter ton fardeau,
O Mer, j'aurai vidé ta coupe et ton problème,
Quand tu ne seras plus, sur mon front creux et blême,
Qu'une ride de sable en vain altéré d'eau,
Je ne subirai point ta suprême infortune :
Dans le ciel étoilé je poursuivrai mon cours,
Et, reine de la nuit, amante des amours,
De mondes à venir je deviendrai la lune !...

— Pourquoi pas le soleil ? lui répliqua la Mer.
Pourquoi pas cet Éden, où l'homme un jour doit être
Son propre dieu, son dogme et son culte et son prêtre ?
Oh ! le bel avenir que tu bâtis en l'air !

Et tu n'as pas encore ouvert tes forêts vierges !
Mon sable t'envahit, mes flots rongent tes berges !
O Terre ! calme un peu ton exaltation ;
Si j'ajoutais dix fois le temps que la baleine
Peut vivre dans mon sein, j'irais, tout d'une haleine,
Jusques aux premiers jours de ton éclosion !

La baleine ! grand Dieu ! quelle création !
Et comme ils sont petits tes hommes devant elle !
Pour m'en prendre une seule, ils se mettent deux cents.
Mais leur cupide rage, à la détruire est telle,
Qu'ils lui font déserter mes plus beaux océans.
Les ingrats ! Ils ont donc oublié l'allégresse

De cette souveraine, — ignorante du rang
Que lui donne la pourpre et l'ardeur de son sang, —
Lorsque avec son petit, fruit lent de sa tendresse,
Pour la première fois, elle vit sur mon dos
S'avancer et bondir, grand comme elle, un navire !
Elle crut voir un frère, et son naïf délire
Fêtait sa bienvenue et lançait des jets-d'eaux.
Et le harpon lancé qui lui crève la face,
Et la mort sans merci, même à l'heure où l'amour
Pour elle et son enfant semble demander grâce,
Tel est le beau spectacle et le tendre retour
Dont l'homme intelligent l'a payée à son tour.

Aussi comme elle a peur pour sa progéniture !
Où se cacher surtout, alors que la nature
Fait entrer en amour des couples dont l'ardeur
S'accroît par le danger, l'obstacle et la pudeur !

Le Groënland n'a pas assez d'abris polaires,
Behring assez de glace et de brume et d'effrois,
Pour dérober aux yeux un hymen qu'autrefois
Ils pouvaient célébrer dans les splendeurs solaires !

C'est vers le pôle austral, ou vers le pôle nord,
Qu'aujourd'hui leurs amours et leurs sollicitudes
S'en vont chercher la paix des noires solitudes :
Il leur faut, pour s'unir, le silence et la mort !
Ce sont là les témoins, les lugubres ministres,
Les deux consécrateurs de leurs hymens sinistres.

Et que de peine encor, d'alarmes, de tourments,
Le vœu de la nature impose à ces amants !
Leurs amours effraîraient le dieu qui les allume,
Et sa mère avec lui rentrerait dans l'écume
D'où je la fis sortir un jour d'émotion,
Si ces divinités, qui n'ont que des sourires,
Pouvaient savoir quels maux les amoureux délires
Coûtent à ces géants de la création.

A les voir s'assaillir d'attaques furibondes,
La gueule ouverte au vent comme pour s'aspirer,
Puis plonger, rebondir, s'éviter, s'attirer,
Se poursuivre en hurlant et fumer sur mes ondes,
On dirait qu'ils sont prêts à s'entre-dévorer,
Et que, pris d'une horrible et formidable envie,
Ils vont se mettre à mort en transmettant la vie !

Pourtant, après des cris d'assaut désespérés,
Qui remplissent d'émoi mes froides latitudes,
Après d'ardents efforts, des chocs, des attitudes,
Dont le phoque et l'ours blanc au loin sont effarés ;
Après avoir vingt fois, sur les flots, sur les glaces,
Dressé, dans la stupeur, leurs gigantesques masses,
Soutenus l'un par l'autre, et pareils à des tours
Qui voudraient s'embrasser avec des bras trop courts,
Ils s'unissent enfin, et mes vagues émues
Font monter leur triomphe écumant jusqu'aux nues.
Et voilà l'être aimant, que l'être de raison,
L'homme, tue à plaisir et dans toute saison !

Si la trêve de Dieu n'arrête cette guerre,
Livrée à mes géants par les nains de la Terre,
Je les engloutis tous au fond de mes sanglots !
Les requins, les narvals, les affreux cachalots,
Lorsque la faim trompée aiguise leur furie,
Et leurs dents à deux bords, et leur épée en strie,
Seuls peuvent égaler ces sensibles humains
Qui n'ont soif que de sang, et s'en lavent les mains.
J'en suis rouge, parfois, de l'un à l'autre pôle,
Et mon deuil est immense et rien ne m'en console !...

— Rien, dis-tu, grande Mer ? crièrent à la fois,
De tous les flots béants, des millions de voix ;
Rien, dis-tu ? Se peut-il que la douleur égare
Ta raison à ce point de te faire oublier
Que la mort est ici ton meilleur ouvrier ?
Une espèce se perd, une autre la répare ;
De l'écume des flots l'amour fut engendré,
Et l'amour, tu le sais, ne connaît point d'obstacles.
C'est un dieu, c'est le seul qui fasse des miracles ;
Ce sont des jeux pour lui : genre, espèce, degré,
Il fait, défait, refait toute chose à son gré. —

Ainsi disaient les voix, et puis, à tour de rôle,
Chaque être, le plus grand après le plus petit,
— Dans la mer libre ainsi le rang se répartit —
Se mit à pérorer sans avoir la parole.

Invisible à l'œil nu, mais fier d'avoir appris
Qu'il est le premier né des êtres, la semence,
L'infiniment petit en travail de l'immense,
L'Infusoire, en ces mots, — si je l'ai bien compris —
S'égayait à loisir : — Vive et molle substance,
Je m'agite, m'agite, et deviens vibrion.
Vibrion ! c'est charmant ! oui, mais c'est peu de chose,
Et je ne suis pas fait pour rester embryon.
Je sors de cet état, je me métamorphose ;
Et puis formant encore un plus noble dessein,
Aspirant à monter sans cesse d'être en être,
Au bout de dix mille ans, je parviendrai peut-être
Au noble rang de crabe, et que sais-je ? d'oursin !

Et puis...
            — Te tairas-tu, misérable Infusoire !
Lui cria le piqueur de pierres ; es-tu fou ?
Toi, devenir oursin ! toi, si frêle, si mou,
Te durcir comme un roc ! mais c'est à n'y pas croire ;
Tu n'es pas même un ver, et ton ambition
Irait jusqu'à prétendre à ma condition !
Reste au fond de l'abîme, où la fange est ta mère,
La vague ton linceul, et le néant ton frère.

Mais moi, c'est différent : déjà roi d'un rocher,
Pour de plus hauts destins je puis m'en détacher.
J'entends dire partout que ma coque, en sa forme,
Est un chef-d'œuvre tel qu'on n'y saurait toucher.
C'est beau ! mais c'est petit ; je voudrais être énorme !

Et pourquoi pas? qui donc peut m'en empêcher? Rien.
Armé pour la défense, un beau jour je puis bien
L'être aussi pour l'attaque, et devenir, sans peine,
Dauphin gladiateur et percer la baleine!
— Et moi, quoique mes jours ressemblent à des nuits,
J'ai moins d'ambition, la gloire a tant d'ennuis!
Je suis l'Haliotide, une petite fée
Des mers, des grandes mers!... mais hélas! le destin
M'a traitée en ermite, et, du soir au matin,
Dans ma prison d'émail je me sens étouffée.
Je voudrais voir le monde!... et je crains de m'ouvrir,
Car le crabe me guette et me ferait mourir.

L'Argonaute, à son tour, s'échauffant la cervelle :
— J'ai, dit-il, pour voguer, une gente nacelle,
C'est bien; mais depuis peu, je ne sais quel savant*
Vient de m'atteindre, hélas! et convaincre du vice
D'aller à reculons ainsi que l'écrevisse.
Jupin, pour ton honneur, fais que j'aille en avant. —

Et chacun de trouver quelque chose à reprendre.
Mollusques, crustacés, criaient à rendre fou,
L'un : On m'a fait trop dur; l'autre : On m'a fait trop mou;
Au diable les filets qu'on s'obstine à nous tendre,
Et ceux par qui cet art était le plus maudit,
Sans cesse, à qui mieux mieux, cherchaient à se surprendre.

---

* L'Argonaute, comme les autres Céphalopodes, nage à reculons par le refoulement de l'eau au moyen de son tube locomoteur. (Alcide d'Orbigny, *Dictionn. univ. d'hist. nat.*)

A tous ces bruits confus je restais interdit,
Et les grands cétacés n'avaient encor rien dit !
L'huître, qui s'éveillait en bâillant à la lune,
Allait joindre sa plainte à la plainte commune,
Et demander au ciel un sort au moins égal
A celui des humains dont elle est le régal ;
Quand soudain un éclair, annonce échevelée
Qui dit aux éléments, chargés de trop de feu,
Le retour à la loi que leur choc a troublée,
Vint frapper l'Océan de stupeur, et de Dieu !
Puis il se fit un grand roulement de tonnerre,
Et tout, à cette voix que la nature entend,
Le dauphin sur les flots et l'aiglon en son aire,
Rentra dans le silence et l'ordre au même instant.

II

Ce que je vis alors, ce que je crus entendre,
Ma lèvre vainement essaîrait de le rendre.
Tandis qu'aux bords du cap, où je m'étais penché,
Le vertige et l'effroi me tenaient attaché,
Je vis s'ouvrir la nue, et de ses flancs descendre,
En dirigeant vers moi son vol rapide et sûr,
Une nef que le ciel teignait de son azur,
Et qui, changeant d'aspect sans changer de carrière,
Parfois semblait un char, dont la roue et l'essieu

2

Comme une poudre d'or soulevaient la lumière
Que la nuit fait tomber sur les chemins de Dieu.
Au milieu de ce char, tout ailé de génies,
Qui des mondes en chœur chantaient les harmonies,
Rayonnait de jeunesse et d'antique beauté
Je ne sais quel esprit, quelle divinité,
Qui, tenant à la fois de la femme et de l'ange,
Avait de l'inconnu sans avoir rien d'étrange.

J'en étais ébloui : ses grands yeux d'Uriel
En plongeant dans les miens leur ouvraient trop de ciel.

Son front haut et pensif était nimbé d'étoiles ;
Un nuage y passait parfois, chargé de feu,
De ce feu que l'idée allume au choc de Dieu,
Et qui fait serpenter des éclairs sur ses voiles.
Des palmes, des lauriers s'agitaient dans sa main.
Ses longs cheveux, qu'en gerbe attachait une épine,
Blondissaient sous le dard de la flèche divine,
Et de son cou de cygne une croix de carmin,
Céleste balancier mû par le cœur humain,
Oscillait et baisait ses mamelles fécondes,
Qu'arrondissait l'amour à l'image des mondes.

Rien ne voilait son corps, neige aux veines d'azur,
Il était transparent à force d'être pur,
Et mes regards pouvaient en parcourir les charmes,
Sans blesser sa pudeur ni lui donner d'alarmes :
Tant, sous leur mante d'or, la grâce et la beauté
Divinisaient aux yeux sa chaste nudité !

— Qui que tu sois, lui dis-je, en attachant sur elle
Un regard que le sien enflammait de sa foi,
Je te bénis, je t'aime et je me livre à toi;
A tes saints attributs je te crois immortelle.

— Je le suis, et pourtant mon âme a pris un corps;
Dieu qui fit leur hymen ne veut point leur divorce:
La séve, pour monter, a besoin de l'écorce;
La paix, pour mieux s'asseoir, a besoin des discords.

Que me veux-tu, rêveur? A dessein je te nomme
De ce nom qu'en dédain et pitié prend tout homme
Qui, n'aimant rien que soi, n'ayant d'yeux et d'ardeur
Que pour les seuls trésors dont le destin se joue,
Croirait salir sa main s'il n'amassait leur boue.

Parle; ton rêve est beau s'il flétrit la laideur;
Sérieux, si tu fuis toute vaine grandeur;
Si tu cherches au ciel la raison de la terre;
Si le sort des humains, parfois si douloureux,
Te poursuit nuit et jour de son cruel mystère,
Et fait crier ton cœur du cri des malheureux.
Parle; je suis à toi, j'éclaircirai tes doutes,
Et j'irai jusqu'au bout avec toi dans tes routes.

Tandis que de la mer tu méditais les cris,
Et qu'un vent orageux traversait tes esprits,
Moi, qui voyais monter, de là-haut, le tumulte

Des êtres et des flots devant le Créateur,
J'étais venue, au nom du grand Ordonnateur,
Fouetter à coup d'éclairs le désordre et l'insulte.

Je ne sais quel vertige et quelle ambition
Gagne tous les degrés de la création.
Quoi ! l'être briserait son vieux moule et sa règle !
L'agneau deviendrait loup ! l'infusoire dauphin !
Et l'oiseau de la nuit prendrait un regard d'aigle !

Toute vie a ses lois, tout principe a sa fin,
Et rien, sous l'œil de Dieu, n'échappe à leur empire.
Non, rien ne vient de rien ; non, rien n'est spontané,
Depuis le jour fécond où de rien tout est né.
Seule, selon le ciel et l'air qu'elle respire,
Les soins qu'elle reçoit, le sol et l'aliment,
L'espèce vit ou meurt, devient meilleure ou pire,
Et donne au genre humain un noble enseignement.

Oui, de toutes ses voix, la nature lui crie:
« Je ne vais point par bonds* ; prudente dans mon cours,
« Qu'il soit lent ou hâté, jamais je ne varie;
« Mon équilibre change et se refait toujours. »

Mais au lieu de la suivre et de régler ses jours,

* Natura non facit saltus.

L'homme partout s'agite, et se tourmente, et souffre ;
Et le mal s'envenime et gronde au fond du gouffre,
Et l'erreur en courroux déborde à noirs bouillons ;
Le grand serpent des mers parcourt les nations ;
Le vieil ordre est troublé du sommet à la base ;
L'inévitable loi des révolutions
Au monde fait subir une nouvelle phase.

Quels points obscurs vont-ils s'éclairer à leur tour ?
Quels pays lumineux garderont-ils le jour ?
Grave et profond sujet de crainte ou d'espérance !
Dieu, qu'on ose exiler du terrestre séjour,
Y fera-t-il encor son œuvre par la France ?...

— O muse ! — car en toi revivent tous les traits
De celle à qui les cieux révélaient leurs secrets,
Et j'ose t'appeler de ce doux nom que j'aime, —
En changeant de génie, et de flamme, et d'attraits,
Comme le dieu du jour tu demeures la même ;
Mais, mieux que lui, tu peux, reine du souvenir,
A travers le présent éclairer l'avenir.
Eh bien ! en ce moment d'attente solennelle,
Si la France a ton cœur, et si tu crois qu'en elle
La grande humanité fait palpiter le sien,
De ton nouvel esprit et de ton souffle ancien
Anime mes accents, vierge docte et féconde.

Je ne suis point de ceux qui rougissent de toi,
Et pour qui le veau d'or est le seul dieu du monde ;

Non, comme une vertu, je te garde ma foi,
Je veux parler ta langue et m'imposer sa loi.
Je crois que ta raison n'est pas moins souveraine,
Parce que l'harmonie en adoucit l'accent,
Et que tu la revêts d'une beauté sereine.
L'aigle a-t-il le regard moins sûr et moins perçant
Quand il ouvre au soleil son œil incandescent ?
Les fleurs cachent les fruits, et l'éclat de l'étoile
En dit la profondeur à la nuit qu'il dévoile.

Viens donc, éclaire-moi ; fais briller à mes yeux
Cette splendeur du vrai dont la source est aux cieux ;
Je voudrais, emporté sur ton char de lumière,
Invisible aux mortels afin de les voir mieux,
Soulever des vieux temps la gloire et la poussière,
Aller de peuple en peuple, et dire en quels chemins
S'arrête ou se poursuit la marche des humains.

Dessein aventureux, téméraire odyssée,
Où la sirène chante au bord de son écueil,
Où le vertige atteint le vol de la pensée,
Et peut de ses hauteurs précipiter l'orgueil.

III

— Eh bien ! je serai ton guide ;
Monte avec moi dans les airs ;

C'est là que tout s'élucide,
Que la nue a ses éclairs.
Allons voir, dans leur mystère,
Les royaumes de la terre
Et leurs débris éloquents ;
Les îles et les Cyclades,
Les monts et les escalades
Des modernes Encelades
Qui fument sous leurs volcans.

Allons voir si toute chose
Obéit à son destin,
Si la justice repose
Sur un fondement certain ;
Allons voir, quand tout s'efface,
Se corrompt, change de face,
L'art, les lois, les nations,
Comment la sainte nature,
Toujours grande et toujours pure,
Déroule la marche sûre
De ses révolutions.

Elle transforme le monde
En gardant toujours ses lois
Sur qui l'univers se fonde,
Et s'explique par leurs voix.
Ces voix disent comment naissent,
Roulent, brillent, disparaissent

Les globes harmonieux ;
Au soleil, qui nous éclaire,
Elles disent qu'il s'altère;
Elles disent à la terre
Qu'elle tourne dans les cieux.

Je suis fille de la Grèce ;
J'aime ses divins penseurs,
Et ces chantres du Permesse
Que me disputaient mes sœurs.
Mais, un jour, d'une contrée,
De tous mes dieux ignorée,
Un grand soupir s'exhala,
Si douloureux et si tendre
Que je vis les rocs se fendre,
Que la mort parut l'entendre,
Et que l'Olympe en trembla !

Et depuis je cours les mondes,
Et j'apprends d'eux, tour à tour,
Quelles entrailles profondes
Ont poussé ce cri d'amour.
Et dans mon austère enquête,
J'écoute peu le poëte
Qui chante ce qui n'est plus ;
La foi m'élargit les ailes,
J'ai soif d'ondes éternelles
Et des mers je cherche celles
Qui n'ont jamais de reflux.

Oui, c'est à Dieu que j'aspire ;
Sion m'a conté Babel,
Du monde entier je m'inspire,
Et je m'appelle Thébel*.
J'abandonne à la Phocide
Mon doux nom de Castalide,
Et je change de vallon,
Mêlant au lait de ma mère
Les sucs d'une plante amère,
Que n'a point connue Homère,
Et qu'ignorait Apollon.

C'est la plante au grand calice,
Qu'un Dieu remplit de son sang,
De ce sang du sacrifice
Qui fait vivre en se versant ;
Je l'ai cueillie en Judée,
Et j'en distille l'idée
Dont l'amertume a du miel !
Enseignement salutaire,
Sans qui le sphinx à la terre,
Comme un désolant mystère,
Jette l'énigme du ciel.

Heureux qui sait le comprendre
Ce noir mystère étoilé,
Et n'attend pas, pour l'apprendre,

---

* Thébel veut dire en hébreu : l'Univers. Il répond au mot grec, Cosmos.

Que la mort l'ait dévoilé.
Oui, l'épreuve explique l'homme,
La lutte éternise Rome,
Elle fait grandir Jacob ;
Elle arrache les colonnes
Aux frontons des Babylones ;
Elle s'assied sur les trônes
Et sur le fumier de Job.

IV

Il est trois nations, trois reines de la terre,
La France, l'Allemagne et la riche Angleterre,
Qui de la vie humaine étudiant la loi,
Grandissent dans la lutte et marchent dans leur foi ;
Et malgré les erreurs, les longues défaillances
Qui les prennent parfois ou leur voilent les cieux,
L'esprit et le cœur pleins de toutes les vaillances,
N'en poursuivent pas moins leurs chemins glorieux.

Les autres nations, comme des satellites,
Gravitent lentement autour de ces soleils,
D'un éclat emprunté font briller leurs orbites,
Et simulent de loin ces astres sans pareils.

Deux d'entre elles, pourtant, jusqu'à ces trois premières,
Malgré d'âpres instincts, ou de pâles lumières,

Voudraient faire monter leur étoile et leur nom :
L'une est fille des czars, l'autre de Washington ;
Celle-ci dont la force, en naissant débordante,
Comme une rage au corps a trop vite poussé,
Et malgré ses fureurs, malgré le sang versé,
Vit libre en ses liens, et reste indépendante ;
Celle-là, colossale, et farouche, et prudente,
Jeune et vieille à la fois, qui sur son lit glacé
Se dresse, et vers Stamboul tient toujours l'œil fixé.

Quant à tous ces pays, dont la terre se lasse
En voyant leur grandeur tenir si peu de place,
Je te dirai comment l'Empire du Milieu
Et l'Inde sont déchus d'eux-mêmes et de Dieu.

L'Espagne aura le rang que sa fierté commande ;
L'Espagne qui jadis fut un moment si grande,
Que, sous Philippe Deux, elle ne voyait pas
Le soleil se coucher sur ses riches États.

Et maintenant, partons ; abordons les abîmes
De ce vaste Océan dont les flots sont les airs ;
Où vogue le nuage armé de ses éclairs ;
Qui des Himalaya pour bas-fonds a les cimes,
D'innombrables soleils éclaire son chemin,
Et baigne l'infini de ses vagues sans fin.

CHANT PREMIER.

———

L'ANGLETERRE.

Vois-tu là-bas dans la brume,
A travers ses grands vaisseaux,
Cette île qui toujours fume
Par ses mille soupiraux ;
Dont l'hôte, plein de superbe,
Gonfle ou fait siffler son verbe
A l'aspect de l'indigent,
Et voudrait, dans sa fortune,
Accaparer, par Neptune,
Toute la terre... et la lune,
Si la lune était d'argent ?

C'est le pays de la houille,
Des lois et de la vapeur ;

Où le menu peuple grouille,
Boue aux mains et boue au cœur,
C'est le pays des machines,
Des docks monstres, des usines,
Des palais et des taudis;
C'est la puissante Angleterre,
L'opulence et la misère,
Le bien, le mal de la terre,
L'enfer et le paradis.

Le confort est sa science,
L'or, son but et son pouvoir;
Tout s'y règle en conscience,
L'orgie avec le devoir.
De ce côté de la Manche,
On est dévot, le dimanche,
Comme par enchantement;
L'Angleterre ainsi s'amende,
Gardant, sous peine d'amende,
Tout son respect de commande
Pour le saint commandement.

Là fleurissent les tavernes,
Les squares et les meetings.
Là, parlement, tu gouvernes!
Et l'on se souvient d'Hastings!
Gonflés de droits sacriléges,
Là, les plus gros priviléges

Font place à la liberté !
Là, dans l'ordre hiérarchique,
Avec la chose publique,
Marche l'orgueil britannique,
Et jamais l'égalité !

Ce spectacle est grand, sans doute ;
Mais je hais l'esprit hautain
De gens qui, sur toute route,
Ne courent qu'après le gain.
Mon cœur saigne, et je m'indigne
Quand je vois un peuple insigne
Vivre aux dépens des petits,
Et des lords, dont la richesse
S'unit à tant de noblesse,
Tenir si haut la sagesse
Et si bas les appétits.

Eh bien ! race altière et dure,
Garde ton droit du plus fort ;
Fais-toi des nids de verdure
Et des cœurs de coffre-fort.
Ton système sans entrailles
Amène des représailles
Dont tes soldats sont vainqueurs ;
Tu répares tes défaites !
Mais à quoi bon des conquêtes
Qui partout courbent les têtes
Sans jamais gagner les cœurs ?

Et tu prends des airs d'apôtre
Une Bible d'une main,
Et ton agenda de l'autre,
Tu prêches le genre humain ;
Tu poursuis ta propagande,
Quand de tes excès l'Irlande
Voit ses enfants amaigris,
Ces parias catholiques,
Ces Lazares faméliques,
Que, sans remords, tu t'appliques
A nourrir de tes mépris.

Pourtant, jadis tes entrailles
Ont eu tant d'accents humains !
Aujourd'hui tu ne tressailles
Que pour les maux que tu crains.
Oh ! tu venges bien l'outrage
Lorsque, aux cieux d'où part l'orage,
Tu fais retomber ses coups !
Et qu'ils lèvent haut leurs têtes,
Tes penseurs et tes poëtes,
Aux pacifiques conquêtes,
Dont les peuples sont jaloux !

Tous te craignent, nul ne t'aime ;
C'est que tu n'aimes que toi,
C'est que ton orgueil suprême
Veut tout courber sous sa loi.

Mais, s'il n'est rien que tu n'oses,
O pays des grandes choses,
Moins grandes que ton ennui,
Ose, une fois, de la gloire
Dont le ciel et dont l'histoire
Savent garder la mémoire,
Ose un peu le bien d'autrui.

Ce calcul en vaut un autre :
L'or, tout seul, n'est que fumier,
Et le peuple qui s'y vautre
Ne marche pas le premier.
Ce qu'on sème, on le récolte,
L'attentat fait la révolte.
Et la vengeance a raison.
Oh ! sois donc moins impassible,
Passe mieux ton grain au crible :
Tu donnes pour rien la Bible,
Et tu vends cher ton poison !

— Ta voix, Thébel, est sévère :
De ce côté du détroit,
Il est des lois qu'on révère,
Et des esprits qui vont droit.
Sous ces latitudes mornes,
Où l'ardeur n'a point de bornes,
On veut, on veut du soleil ;
Il en faut à l'Angleterre
Pour que son travail éclaire

3

Tous ces peuples de la terre
Dont la vie est un sommeil.

Oui, voilà le grand spectacle
Qu'elle donne au genre humain :
C'est la leçon, le miracle
Du génie et de la main.
Le travail épure, élève,
Il garde mieux que le glaive
Ce qu'il a su conquérir ;
C'est par son labeur immense
Qui, nuit et jour, recommence,
Que l'Angleterre à la France
Peut disputer l'avenir !

Et puis, vois quelles familles
Elle porte dans son sein ;
De ses blondes jeunes filles
Entends bourdonner l'essaim !
Dans l'orgueil de la patrie,
Là grandit toute industrie,
Là se brisent tous les fers !
Saluons ce grand empire,
La liberté qu'il respire,
Newton, Milton, Scott, Shakspeare,
Et Byron, ange aux enfers !

— Eh bien ! soit. Mais, ô poëte,
Si le courroux, quelquefois.

Bouillonne trop dans ma tête,
Et m'indigne trop la voix,
Peut-être fais-tu toi-même
Un trop brillant diadème
A la brumeuse Albion.
N'importe; quand ma colère
Ne gronde plus et s'éclaire,
Je ne vois dans l'Angleterre
Qu'une grande nation.

Et cela dit, quittons vite
Ce ciel lourd, chargé d'ennuis,
Que le spleen jamais ne quitte,
Où les jours semblent des nuits.
Allons voir d'autres contrées,
Dont les œuvres admirées
Sont l'amour du genre humain;
Lieux riants, où je fus reine,
Où le souvenir m'entraîne,
Et dont maintenant, à peine,
Je sais m'ouvrir le chemin.

CHANT DEUXIÈME.

LA GRÈCE.

CHŒUR DES ESPRITS.

Nous venons de l'Aurore,
Du beau pays vermeil,
De la rive sonore
Que baigne le soleil.

Nous avons des demeures
De pourpre et de saphir,
Où nous berçons les heures
Sur l'aile du zéphir.

Amants de la nature,
Nous sommes ses esprits ;
Nous avons à Cypris
Attaché sa ceinture,

Et par nous, sur ses pas,
Les grâces ingénues
Ignorent d'être nues
Et ne rougissent pas.

Dans la nuit diaphane,
Au lever de Diane,
Quand Cybèle s'endort,
Amoureux du mystère,
Nous écoutons la terre
Rêver ses rêves d'or.

Et, pleins d'un saint délire,
Au maître de la lyre
Nous disons nos secrets;
Nous chantons sur le Pinde
Le Dieu vainqueur de l'Inde
Et la blonde Cérès.

L'idée aime à s'épandre où la lumière abonde :
Trop grand pour garder les troupeaux,
Le dieu Pan veut mener le monde,
Et la chèvre et le bouc immonde
Ne viennent plus au bruit de ses lascifs pipeaux.

Loin des faunes et des satyres,
Nous menons les nymphes en chœur,
Et nous faisons répondre aux éclats de leurs rires
Les éclats de l'écho moqueur.

Capricieux ou tendres,
C'est nous qui, tour à tour,
Décrivons les méandres
De l'onde et de l'amour.

A travers les Cyclades,
Ah ! qu'il est doux d'errer
Alors que les Hyades
Ont cessé de pleurer !

Que de soucis et que d'alarmes
S'apaisent et sèchent leurs larmes
Aux sourires de nos printemps !
Que nos étés sont éclatants,
Quand l'Élide, au milieu des triomphes du stade,
Fait un soleil de chaque olympiade,
Dont le brillant retour marque les pas du temps !

Nous aimons les jeux et les fêtes,
Et le frémissement glorieux des clairons ;
Mais ce n'est qu'à la voix des dieux et des poëtes
Que les lauriers conquis se posent sur les têtes,
Et qu'à jamais nous les sacrons.

L'Olympe est notre ciel enfanté par la terre,
Et la force et la grâce, unie à la beauté,
Sont la triple divinité
Dont nous enseignons le mystère
Et le culte à l'humanité.

Nous sommes l'harmonie,
L'âme du genre humain ;
De génie en génie
Nous lui donnons la main.

Ah ! venez, venez donc sur nos rives sereines,
Fuyez ces bords en deuil et ce ciel sans clarté ;
Venez ouïr nos chants qu'écoutent les syrènes,
Et qui mènent la vie à l'immortalité.

Nos lauriers toujours verts se couronnent de roses
Aux doux gazouillements des nids et des ruisseaux,
Et nos monts peuvent voir de leurs fronts némoroses
L'ombre opaque frémir de la fraîcheur des eaux.

Le Céphyse et l'Alphée, amant de l'Aréthuse,
Le Xanthe et l'Ilissus, aux noms mélodieux,
Qui vont prendre leur source aux lèvres de la muse,
Sont nos fleuves sacrés et descendent des dieux.

Le soleil a sa gloire, Athène a ses merveilles !
L'Hymette, pour la voir, dresse un front radieux,
Et l'enchante, à son tour, de ses œuvres vermeilles,
Lorsque tout parfumé d'iris, couleur de ciel,
Et d'asphodèle en fleurs qui bourdonnent d'abeilles,
Sous les yeux de Minerve il compose son miel.

Venez donc, venez donc à ces divins spectacles
Que donnent le génie, et l'art, et le soleil ;

Venez voir si nos dieux font encor des miracles,
Car nous avons dormi d'un bien profond sommeil !.....

Ainsi chantaient en chœur les esprits de la Grèce,
Et leurs voix résonnaient douces comme les bruits
Que l'on entend au loin onduler dans les nuits
Quand les cyprès au vent se meurent de tendresse.

A ces accents connus, mais qui semblent toujours
Inouïs et nouveaux comme ceux des amours,
Thébel, le cœur ému : — Divins esprits, dit-elle,
Qui du ciel Aryan, d'où vous êtes issus,
Avez jadis, rêvant une gloire plus belle,
Murmuré le génie aux bords de l'Ilissus,
Pour leur faire parler une langue immortelle,
Oui, d'un sommeil bien long vous avez sommeillé !
Mais ce qui ne meurt pas en vous s'est réveillé.
Vos dieux ont fait leur temps ; seuls, vous vivez encore,
Et d'un culte idéal le monde vous honore.
Eh bien ! ramenez-moi vers mon premier séjour ;
Emportez mon esquif aux rives de l'aurore,
Faites-moi remonter à la source du jour.

Mais sous votre beau ciel d'oliviers et de vignes,
Qui s'en vont en riant d'Athènes à Samos,
Si j'oubliais le mien pour des pensers moins dignes,
Viens crier dans les vents, grand aigle de Pathmos ;
Couvre le chant trop doux des ramiers et des cygnes.

— Thébel, ta voix m'entraîne, et je me sens repris
De ce classique amour que m'inspira l'Attique,
De ce goût du passé que j'avais désappris
En voyant le présent rire du temps antique.
Et puisque nous pouvons, sur la foi des esprits,
Dans les airs avec eux naviguer de conserve,
Et toucher au rivage où descendit Minerve,
Oh ! daigne, en attendant, me redire ces lieux
Dont notre esprit ingrat semble trop oublieux ;
De leurs beaux souvenirs, durant la traversée,
Comme on berce un enfant, berçons notre pensée ;
Redis-moi cette langue aux glorieux destins,
Aïeule de la nôtre et mère des Latins.

L'œuvre qu'elle enfanta nourrit, éclaire, élève ;
L'idée a ses hauts faits aussi bien que le glaive,
Et l'art a des exploits dont l'histoire devrait
Connaître mieux le prix et surtout le secret.
C'est pourquoi ne crains point de lasser mes oreilles
Par le récit trop long de leurs longues merveilles.

— Ami, je répondrai sans peine à tes désirs.
Eh ! que pourrais-je omettre en touchant à l'histoire
D'un peuple dont l'esprit, les travaux, les loisirs,
Immortalisaient tout, jusques à ses plaisirs ?
La vertu le lassait parfois, jamais la gloire.
La gloire ! il l'aspirait partout à pleins poumons,
Comme il aspirait l'air libre et pur de ses monts.

Voilà, sous un soleil qui fécondait sa tête,
Sur des bords ondulés comme les flots des mers,
Devant des pics neigeux qui lançaient des éclairs,
Voilà les éléments dont cette race est faite :
Pour devenir divine, elle naquit poëte ;
Si bien que son génie, étant de si haut lieu,
En dominant la terre, a fait d'une peuplade
Ce que de la Judée a fait l'esprit de Dieu !
Oui, l'école du monde est encore l'Hellade ;
Oui, c'est là que les arts et les lettres encor
S'en vont puiser la flamme et la parole d'or.

Là, sur son luth sacré, qu'inspirait la science,
De la terre et du ciel célébrant l'alliance,
Orphée initiait au culte de Cérès
Le Thrace et le Cicone errant dans les forêts.
C'est de son nom divin qu'une austère doctrine,
Une religion tira son origine :
Peu d'adeptes pouvaient en sonder les secrets. .

Avant lui, de ces biens préparateur sublime,
Lorsque les grandes eaux rentraient dans leur abîme,
De ses flèches armé, le brûlant Apollon
Triomphait du déluge et du serpent Python ;
Du dieu de la lumière éclatante victoire,
Qui, pour forcer les temps à garder sa mémoire,
Suscita le génie et l'arma du ciseau,
Et fit sortir du marbre un triomphe nouveau !

Là, quel que soit le bord natal qui l'ait bercée,
L'Iliade naquit, puis plus tard l'Odyssée ;
Poëmes immortels que, sous un même nom,
Deux chantres récitaient, pontifes d'Apollon.
Inégal de grandeur et d'art, ce double livre
Renferme tout un monde, et devait lui survivre ;
Fait triompher la Grèce en triomphant du sort,
Et, pour vaincre deux fois le temps, dieu déicide,
De son souffle divin inspire l'Énéide,
Tant l'esprit du poëte est rebelle à la mort !

Homère ! Eh ! n'a-t-il pas, près d'une des sept villes,
— Se disputant l'honneur de l'avoir enfanté —
Fait naître aussi, du feu de ses œuvres viriles,
Ce récit qu'on dirait par lui-même dicté,
Où Quintus Calaber, aux champs de la Troade,
Sur le bûcher d'Hector rallumant l'Iliade,
Jusqu'à Troie enflammée en prolonge le cours !

Là, chantant les moissons et le dieu qui les dore,
Hésiode réglait les Travaux et les Jours,
Et passait de la terre aux célestes séjours,
D'où sa main rapporta la boîte de Pandore,
Et commit ce larcin qui l'honore toujours.

Là, sans trop remonter à la source des choses,
Sans effeuiller sa vie en effeuillant les roses,
Le vieillard de Téos, enfant gâté des cours,

De ses conseils parfois assistait Polycrate,
Se couronnait de fleurs, et, bachique autocrate,
Du doux vin de Samos enivrait sa chanson,
Et du nectar des vers, l'amour, son échanson.

O merveilleux pays ! où du Pinde au Rhodope,
Des sources d'Aréthuse aux flots de l'Hellespont,
Qui marie en chantant l'Asie avec l'Europe,
Tout accent vient du ciel, tout écho lui répond,
Et d'accords en accords, de Cyclade en Cyclade,
Tient les dieux suspendus aux lèvres de l'Hellade !

Le temps, comme Saturne, a dévoré ces dieux ;
Mais Homère et Platon sont toujours radieux,
Socrate est immortel : c'est la vertu faite homme,
La sagesse incarnée, et la seule que Rome
Puisse éternellement effacer à nos yeux ;
Mais, cette éternité, Rome la tient des cieux.

La Grèce, pour grandir, tire tout d'elle-même,
Ou frappe ses emprunts de son cachet suprême,
Et, debout ou brisé, l'ouvrage de ses mains
Est la leçon, la gloire et l'amour des humains.

Rien chez elle à jamais ne s'éteint : Pythagore,
Parménide, Thalès, et tant d'autres songeurs,
S'y sauvent de la tombe et des oublis rongeurs.
Archimède est vivant, et Théocrite encore,

Malgré le bruit du fer et du clairon sonore,
Aux champs de la Sicile assemblant ses troupeaux,
Du souffle de l'Attique enfle ses deux pipeaux.

Et toi, dont la patrie est restée inconnue,
De ta voix la plus tendre et la plus ingénue,
O Longus, redis-nous ces naïves amours
Que Daphnis et Chloé soupireront toujours.
Ton livre n'est pas grand, mais toute la nature
Y tient à son aurore et rit dans sa peinture.
Il vivra de bonheur, et le temps irrité
Jamais ne fauchera la fleur de sa beauté.

Amour, puissant amour, sans toi rien ne se fonde :
Le roman de la vie est l'histoire du monde !

Il n'est, dans aucun art, ni rameaux ni lauriers,
Que les Grecs, sur leur sol, n'aient cueillis les premiers.
Archiloque, Sapho, Bion, Moschus, Alcée,
Que je range d'un trait en phalange pressée,
Sur des modes nouveaux, dans des genres divers,
De haines et d'amours éternisent leurs vers,
Diamants de l'esprit où l'art cache sa lime !

C'est ici que du goût Longin dicta les lois,
Et s'il n'a pas écrit le Traité du Sublime,
Fit entendre du moins cette éloquente voix,
Qui, d'échos en échos, au fond de l'Arabie,

Par delà les déserts atteignit Zénobie.
La veuve d'Odénat, la reine d'Orient
Attira dans sa cour le rhéteur souriant.
Mais l'ardent philosophe, encor que je l'admire,
S'éprit de sa maîtresse, et contre les Césars
Des combats avec elle affrontant les hasards,
Se perdit, et perdit Zénobie et Palmyre.

Non loin de là, mourut Lucien, ce grand railleur,
Qui mit dans ses écrits tout le sel et la verve
Qu'un vif génie inspire au mépris de Minerve.
Il vécut de longs jours, et n'en fut pas meilleur.
Mais tel est le pouvoir du talent dans un livre,
Que le mal, qui devrait le tuer, le fait vivre.

Dialogues des morts, dialogues des dieux,
Oui, vous vivrez malgré votre mépris des cieux;
Vous resterez toujours le modèle, la date
D'un genre qu'inventa l'enfant de Samosate.
D'autres esprits plus sains, un jour l'imiteront,
Et le même instrument, tenu d'une main pure,
Des coups qu'il lui porta vengera la nature
Et les saintes pudeurs qu'il attaquait au front.

Et jusqu'où n'allait pas le souffle de l'Attique!
C'est dans sa langue aimée et que parlait l'Afrique,
Que, venu de l'Égypte, Athénée écrivit
Ce livre, où, conviés en un banquet, les sages

De leur savoir divers ont nourri tant d'ouvrages.
Dans leur docte entretien l'antiquité revit !

O Grèce, tout ce qui vient de toi me ravit.
Ton génie est partout, mais ton centre est Athènes;
Athène où Périclès résumait l'univers;
Où Jupiter prêtait sa foudre à Démosthènes;
Où je voyais la foule, éprise des beaux vers,
Le cœur ému, pleurer aux tragiques revers
Dont Eschyle et Sophocle ont illustré la scène,
Ou rire au vif tableau de ses propres travers,
Quand le poëte aussi, du trait de ses paroles,
Perçait à jour les sots, les rois et les idoles :
Jeux puissants d'un esprit qui, parfois, sans efforts,
D'une ardeur pindarique enflammait ses transports.

Et puis d'Aristophane on passait à Ménandre;
On quittait Euripide afin de le reprendre;
Car ce peuple changeant, mais noble en ses loisirs,
Le matin irrité, le soir joyeux ou tendre,
Voulait des demi-dieux pour ses menus plaisirs.

Mais que je tressaillais d'orgueil et d'allégresse
En voyant le génie, encensé par la Grèce,
Prendre feu sur l'autel, et du choc des rivaux,
Faire jaillir soudain des prodiges nouveaux!

J'ai vu — spectacle auguste et digne de mémoire,
Que devraient méditer tant de coureurs de gloire,

Tant de coureurs de prix gagnés par leurs chevaux ; —
J'ai vu, près de mes sœurs, dont j'aimais les travaux,
A ces fêtes, qu'un jour l'Élide fit suspendre
Au gré d'un peuple ardent et curieux d'apprendre ;
J'ai vu lire, en plein ciel, ces livres inspirés
Que de son nom divin chaque muse a sacrés,
Et des jeux d'Olympie éternelle victoire,
Hérodote créer Thucydide à l'histoire !

C'est dans ces mêmes jeux, dont l'éclatant retour
Marquait l'âge du temps comme le dieu du jour,
Que Pindare chantait, sublime hiérophante,
Les dieux et la vertu que leur amour enfante,
Et ceint des seuls lauriers qui restent toujours verts,
Applaudi des vainqueurs, conquérait à ses vers
Des élus de l'esprit le futur auditoire,
Et le mépris des sots, ce comble de la gloire !

Là, dans l'art de guérir un des fils d'Apollon
Surprenait les secrets de Chiron, le Centaure,
Et marchait vers le ciel par le sacré vallon.
A son humanité, Smyrne, Athène, Épidaure,
Et Pergane en Mysie ont dressé des autels,
Et, touché d'un savoir qui porte l'espérance,
Peut prolonger les jours et calme la souffrance,
L'Olympe enfin l'admit au rang des immortels.

Là, du même art divin ouvrant les tabernacles,
Hippocrate, tu fis entendre ces oracles

4.

Qui, de Cos à Larisse, et d'Athène à Pella,
T'ont fait bénir partout où le mal t'appela,
Et dont l'esprit encore opère des miracles !

Là, plus tard, Galien, esprit vaste et hardi,
Du maître fécondait l'héritage agrandi,
Au froment le plus pur mêlant parfois l'ivraie,
Puis de la vie en germe ardent observateur,
Faisait de l'acte humain une étude si vraie,
Que son œuvre est restée un hymne au créateur,
Un honneur éternel pour sa ville natale,
Pergame, d'un tel fils plus fière que d'Attale !

CHANT TROISIÈME.

—

SUITE DE LA GRÈCE.

—Thébel, dans tes récits, que tu jettes aux vents,
J'aime à me retremper l'esprit et la mémoire;
Il me semble, à l'aspect de tous ces morts vivants,
Dont ta voix, à grands traits, me retrace l'histoire,
Respirer plus de vie en respirant leur gloire.
Hâtons-nous d'aborder ce séjour radieux
Où le génie humain a pu survivre aux dieux.
Mais dans ton vol rapide à travers les nuages
Poursuis aussi, poursuis le récit de ces âges,
De ces âges divins, qu'avec un doux émoi,
Je regarde renaître et passer devant moi.

— Eh bien, poëte, soit. Revenons à l'Attique.
Quelque orgueil qu'on éprouve en voyant les niveaux
Des sources de l'esprit et du savoir nouveaux,
On ne saurait trop boire à cette coupe antique.

Quel pays où les arts, libres, réglant leurs pas,
En se donnant la main mènent le chœur des Grâces,
Et sur les hauts sommets, où s'impriment leurs traces,
Atteignent la beauté que la mort n'atteint pas ;
Où près d'eux et comme eux triomphant du trépas,
L'auguste poésie et la sagesse austère,
S'unissent d'un étroit et lumineux lien,
Et font épanouir, arc-en-ciel de la terre,
Phidias et Platon, Homère et Galien ;
Le calcul inspiré, la raison qui s'enflamme,
Les remèdes du corps, de l'esprit et de l'âme ;
Génie antique, éclos d'un souffle plus ancien,
Que l'Égypte scellait sur les lèvres du mage,
Et qui moins pur, moins beau, moins puissant que le sien,
N'a pas fait, comme lui, le monde à son image !

Et toi, que j'oubliais, toi que le sol fécond
Qui portait Orchomène, et Thèbe et l'Hélicon,
— Près de ces champs fameux où la liberté sainte,
Au choc d'un roi, reçut une mortelle atteinte, —
Vit naître à Chéronée et sous Claude expirant,
J'aime tes beaux récits qui vont faire revivre
Ce que la Grèce et Rome ont produit de plus grand,
Et relever l'autel des vertus dans ton livre.

Le génie inspiré d'Orphée et d'Amphion
Ne supportait longtemps éclipses ni défaites ;
Quand tombaient ses soldats, il levait des poëtes ;
Le luth vengeait le fer ; l'histoire, Phocion ;
En changeant de destins il changeait de conquêtes,
Et, sujet d'Alexandre ou soumis à César,
C'est lui qui triomphait et qui menait le char !
Il rendait éternel l'exemple de ces vies
Qui font brûler les cœurs des plus nobles envies;
Il suscitait Plutarque ! et la postérité
Admirant les hauts faits que le pontife archonte
Retrace avec tant d'art et de naïveté,
Et que chaque pays d'âge en âge raconte,
Bénit dans l'écrivain l'homme et l'humanité
Où sur des fronts si grands le ciel s'est reflété.

Eh ! que n'a point produit ce champ clos de la gloire
Gardé par Miltiade et par Philopœmen ;
Où Minerve avec Mars fécondait son hymen !
On n'y peut faire un pas sans marcher sur l'histoire,
Et souvent tel esprit, Polybe ou Xénophon,
Un et triple à la fois, comme un dieu vous confond.

Et toi, l'universel ! dont la docte parole
Si longtemps t'a rendu l'oracle de l'école,
Aristote le Grand, c'est ici que tu vins
Associer ton nom à tant de noms divins
En ouvrant la nature et l'art et la science
A l'œil de la raison et de l'expérience !...

Ton auguste disciple était digne de toi
Lorsqu'aux pieds du poëte il prosternait le roi,
Et que, pour conquérir des mondes à l'Hellade,
Devant lui, comme une arche, il portait l'Iliade.

Tu voulais tout savoir, tu voulais tout régler;
Lui, voulait tout soumettre et tout renouveler!
Dans tes petits États, ton idéal, ton rêve,
C'est l'esclave servant les libres citoyens;
L'idéal d'Alexandre et le but de ce glaive
Qui, pour les dénouer, tranchait les nœuds gordiens,
Était de l'affranchir de ses honteux liens,
Et le maître est ici moins grand que son élève.

Salut, ô Sunium! ô cap battu des mers!
C'est là, près de Minerve, au bruit de l'onde amère,
Que la sagesse antique a trouvé son Homère,
Et de ce roc sacré s'élançant dans les airs,
A fait, comme un soleil, le tour de l'univers.

Oui, la voix de Platon, et ces chants où Virgile
Prophétise la Vierge et la mort du serpent,
La peine et la rançon de la vertu fragile *,
Sont un écho du Verbe, un avant-évangile,
L'annonce du vrai jour que Dieu déjà répand.

Salut à toi, salut prodige d'harmonie,
Le plus pur qu'ici-bas ait conçu le génie,

---

* Quisque suos patimur manes, etc.

Temple, dont chaque pierre, hymne immatériel,
Dit à l'homme ravi que l'art lui vient du ciel,
Sublime Parthénon où, dans l'or et l'ivoire,
Phidias a sculpté sa Minerve et sa gloire !

Salut à vous, salut, chefs-d'œuvre disparus,
Que je pleure à jamais puisque vous n'êtes plus,
Où, sous la main d'Apelle, en miracles féconde ,
Alexandre-Tonnant semblait le Dieu du monde ;
Où l'artiste amoureux de plus riants tableaux
Faisait naître Vénus de l'écume des flots,
Et de sa beauté sainte entr'ouvrant le mystère,
La livrait aux baisers du ciel et de la terre !

Que je salue aussi le marbre des héros;
Thébel aime à les voir à côté des poëtes ;
Ils s'enfantent l'un l'autre, et leurs vastes conquêtes
Font des bruits dont le temps n'éteint point les échos.

.   .   .   .

Mais quel morne silence, et partout quels ravages !
Athènes, qu'as-tu fait de tes murs si vantés?
Quels débris sur tes monts ! quel deuil sur tes rivages !
Colonnes, chapiteaux, gisent de tous côtés;
La statue, au milieu de leurs blocs insultés,
Sent monter à son front la honte des épines,
Et le serpent glisser sur ses membres épars;
Aux injures du sort l'homme joint ses rapines,
Et l'admiration outrage encor les arts !

Heureux, lorsque la main qui dérobe leurs œuvres,
Ou les peut, à prix d'or, disputer aux couleuvres,
Comme Énée emportait sa fortune et ses dieux,
Les emporte, et leur ouvre un temple digne d'eux * !

L'Acropole est déserte ; Argos et Sicyone,
Et Corynthe et Mycène ont perdu leur couronne.
La cité de Cadmus, qu'Amphion acheva,
Où Pindare naquit, et dont la destinée
Montait comme un soleil au jour de Mantinée,
Thèbes, n'est plus qu'une ombre, et s'appelle Tiva.

Rien, plus rien n'est entier ! palais et sanctuaire,
Tout, jusqu'au sol, a pris l'aspect d'un ossuaire.
Seul, le soleil encor sur ce vivant tombeau
Dans toute sa splendeur promène son flambeau.....

Eh bien, par ce foyer de vie et de lumière,
Par la France, ta noble et ta grande héritière,
O Grèce, ma patrie et mon premier berceau,
Tu ressusciteras comme ton Dieu nouveau !
Déjà même, déjà tu sors de tes ruines,
Et brisant le marteau qui, sur ton propre seuil,
Nuit et jour, trois cents ans, t'a clouée au cercueil,
Tu respires l'air libre et pur de tes collines,
Et tu peux relever ton front encore en deuil.

* Quelques Anglais, sous ce rapport, ont rendu un vrai service aux beaux-arts.

Que dis-je ? tes enfants, même aux jours funéraires,
N'ont jamais oublié le culte des aïeux ;
Fiers d'esprit et de cœur, ils se disent tous frères *,
Et cette égalité les grandit à mes yeux,
Et te fera grandir, ô terre des Hellènes !
Ton corps est trop petit pour ton âme ; la mer
Partout baigne tes pieds, mais ton front manque d'air ;
Il étouffe au milieu de tes étroites plaines ;
Il te faut, comme à l'aigle, un plus large horizon ;
Tu brisas ton cercueil, brise aussi ta prison.

Mais voilà que tu viens de reculer tes bornes,
Ton sol s'est agrandi de tout un archipel ;
D'autres pays peut-être entendront ton appel,
Et viendront réjouir tes solitudes mornes.

Oui, tu retrouveras, avec tes arts perdus,
Cet art de gouverner que tu ne connais plus,
Et qu'on sait d'autant mieux qu'on désapprend à feindre !
Tout ce qui n'est pas droit, mène droit au malheur.
Grecs, les Russes sont Grecs, et leurs présents à craindre !
Le bien que l'on ne doit qu'à soi seul rend meilleur.
Comme autrefois encore, inquiet et railleur,
Votre esprit a des soifs que rien ne peut éteindre,
Eh bien ! buvez le feu de l'esprit ; c'est le vin
Qui de vous si longtemps fit un peuple divin.

* Voir les ouvrages récents sur les mœurs, etc. de la Grèce.

C'est par vous que l'Europe a pu vaincre l'Asie,
Et lui faire subir cette suprématie
Qu'Homère et Miltiade, et Troie et Marathon
Fondaient dans l'héroïsme et dans la poésie,
Et que, sur ce portique au radieux fronton,
Gravaient en lettres d'or Phidias et Platon.

Les dieux vous inspiraient : Mars, Minerve, Neptune,
De la terre et des mers vous livraient la fortune;
Mais, toujours disputé, le sceptre entre vos mains
Se brisa, pour tomber dans les faisceaux romains.

Oui, votre gloire, ô Grecs! vous a coûté la vie :
Tous vos petits États, si grands par le génie,
Dans un foyer commun n'allumant pas leurs feux,
Sont morts, astres rivaux, en s'éclipsant entre eux.

Donc ceux-là seuls, amis, assurent leurs conquêtes,
Qui, devant le danger, maîtrisant leurs discords,
De leurs membres divers savent faire un seul corps.
L'avenir à ce prix vous convie à ses fêtes.

Vous eûtes des héros ; vous avez des poëtes
Pour retremper votre âme et relever vos cœurs,
Et ranimer en vous l'espoir de jours meilleurs.
Rizo, Zalokostas, Orphanidis, et d'autres,
Dans leur plainte touchante, ou dans leur foi d'apôtres,
Soit que des temps passés gardant le souvenir,
Ils remontent le cours du grand fleuve homérique,

Soit que dans le présent ils cherchent l'avenir,
Tous chantent le réveil de la race hellénique.

La nature elle-même à ce chœur vient s'unir ;
Les marbres de Paros et ceux du Pentélique
Ont tressailli d'espoir ; les lauriers de l'Attique
Refleurissent ; je vois ses vieux monts chevelus,
Comme ils l'étaient jadis d'oliviers et de chênes,
Boire les eaux du ciel, et, de leurs sources pleines,
Désaltérer les champs de flots qui ne sont plus !

.   .   .   .

.   .   .   .

— Thébel, ton saint amour des Hellènes me touche,
Les paroles de feu qui tombent de ta bouche
Enflamment mon esprit ; mais, en les retraçant,
Je crains d'être infidèle et d'en trahir l'accent.
Puis, dans nos temps si prompts à n'admirer qu'eux-mêmes,
Tes louanges des Grecs peuvent paraître extrêmes ;
Fier d'aller en avant, le siècle est trop pressé
Pour suivre ton lyrisme à travers le passé.

Quant aux vœux de ton cœur, le mien aime à s'y rendre ;
La Grèce a triomphé d'un peuple que tu hais ;
Qu'elle grandisse encore au gré de tes souhaits ;
Que jusqu'à l'Hellespont elle aille un jour s'étendre,
Et que tous ses phénix renaissent de leur cendre.
Mais ce jour viendra-t-il ?
                              — O poëte, espérons !

Après les jours de deuil et l'éclipse des fronts,
La terre des Latins, dans son effervescence,
N'a-t-elle pas des arts hâté la renaissance ?
Allons sous son beau ciel, allons nous consoler
Des chefs-d'œuvre perdus qu'elle aime à rappeler.

Mais avant de franchir le golfe Adriatique,
Suivons dans ses détours cet immense bassin,
Cette mer aux longs bras, fille de l'Atlantique,
Qui d'amour, en naissant, faisant battre son sein,
Va caresser l'Europe et l'Asie et l'Afrique,
Et sur leurs bords ravis poursuivant son dessein,
La face de soleil et d'azur inondée,
A vu s'épanouir tout ce qu'à leur flambeau,
L'hymen sacré des arts, la parole et l'idée
Enfantent de plus grand, de plus vrai, de plus beau.

Oui, telle fut, telle est encor ta destinée,
Amante de la terre, ô Méditerranée !
Le commerce du monde et les religions
Qui dissipent la nuit des sombres régions,
Au doux bruit de tes flots naissent sur tes rivages ;
Les temples, les palais, afin de mieux te voir,
Suspendent leur merveille au bord des caps sauvages,
Et de ta vague émue aiment à s'émouvoir.
Du mausolée en pleurs tu réjouis la cendre.
La cité de Minerve et celle qu'Alexandre,
Près des bouches du Nil qui t'emplissent d'émoi,

Éleva sur ta rive où l'Inde vient descendre,
Te doivent d'asservir les peuples à leur loi.

Mais que les océans s'inclinent devant toi :
Rome et Jérusalem s'approchent de tes ondes !
Tu tressailles d'orgueil, comme si dans ton sein
Tu sentais remuer le nouveau genre humain.
Tu peux ouïr l'écho de leurs rumeurs profondes ;
Avec elles tu peux toucher à tous les mondes,
A tous les points du ciel, de la terre et du temps !
Les destins les plus longs et les plus éclatants
Te semblent à jamais dévolus en partage.
Sous ton soleil riant tu te ris des hivers ;
Le sort mêle à tes flots ses jeux les plus divers ;
Dans les eaux du Jourdain tu vois laver Carthage.
Tes vagues ont porté tous ces cœurs de lion,
Qui vainquirent l'Asie au siége d'Ilion ;
D'un côté tu t'endors aux chants des muses grecques,
Et t'exaltant, de l'autre, aux hymnes de Sion
Que te chante l'Afrique, à son septentrion,
Tu vois ses bords latins s'illuminer d'évêques.

L'Islam y vint aussi fulminer quelque éclair
Pour te montrer plus tard, en le rendant plus clair,
Tout ce que l'erreur sombre, accouplée à la haine,
Enfante d'attentats à la nature humaine.
Les trois plus grands défis que l'on puisse jeter
A la face du ciel, tu les as vu porter :
La traite, l'esclavage et la piraterie

Ont longtemps promené leur avide fureur
Sur tes flots qu'indignait ce spectacle d'horreur.

Mais la France a mis fin à tant de barbarie ;
Et, pour en prévenir à jamais le retour,
Elle a broyé dans l'aire et l'œuf et le vautour !
Elle a vengé l'Europe, et venge son outrage
En pardonnant à ceux dont elle éteint la rage,
Afin que le Coran apprenne, à son profit,
Tout le bien qu'il empêche et tout le mal qu'il fit.

Oh ! qui jamais saura mes transes, mes tortures,
Et mes pleurs, et les cris de mes larges blessures,
Quand ce faucheur funèbre, armé de son tranchant,
A la destruction joint encor la rapine,
Et, pour mieux les flétrir, partout s'en va fauchant
La statue à sa base, et l'arbre à sa racine !

Oui, Mahomet, malgré ton horreur du méchant,
Et quelques doux rayons que sur des temps funèbres
Le Coran ait jetés, parfois, dans ses beaux jours,
Telles sont, à la fin, les œuvres de ténèbres,
Qu'en dépit du Dieu bon et grand que tu célèbres,
Ta doctrine produit et produira toujours ;
Plagiat de la Bible, adultère mélange
D'erreurs, de vérités, de lumière et de fange,
Et qui place au ciel même une religion
Où l'amour de la chair fait sa part de lion.

Ta haine des faux dieux et de l'idolâtrie
N'a pas mis dans les cœurs la pitié des humains ;
Cette source d'amour sous tes pas s'est tarie ;
En s'ouvrant d'autres cieux et de nouveaux chemins,
L'Islam, fils du désert, y traîne sa patrie.
Il lui faut, pour fleurir, les haleines de feu,
Les fraîches oasis, les solitudes mornes,
Où l'Arabe, devant un horizon sans bornes,
N'a rien, et place tout entre lui seul et Dieu.

Ah ! que de fois, fuyant ces foyers de scandale,
Où, l'homme, entre les murs de sa noire prison,
S'enivre d'un savoir qui trouble sa raison,
Et perd le fil de Dieu de dédale en dédale,
J'ai porté mes regards sur l'immense désert
Où l'Arabe s'abîme et jamais ne le perd !
Et je l'admire alors, soit qu'il prie en silence,
Soit que devant Allah gravement prosterné,
Dans la Soûrate en feu sa foi vive s'élance ;
Soit qu'au bruit du simoun tout à coup déchaîné,
Près du chameau qui brame, éperdu, consterné,
Il appelle à son aide, en lui demandant grâce,
Le maître de la vie et de la mort qui passe.....

Là, sur ces mers de sable, aux sinistres abords,
L'Arabe et le Coran, le silence et l'espace,
Se comprennent entre eux ; mais l'Islam en dehors
De la terre d'Agar, flétrit l'âme et le corps.

Né d'une race ardente, il est dur, sans entrailles
Pour tout ce qu'il n'a point réchauffé dans son sein ;
Il opprime le faible, il vit de funérailles,
Et de l'humanité trahit le grand dessein.

En vain, ô peuple Turc, cette foi polygame,
Qui dénature l'homme et dégrade la femme,
Haut et ferme, a brandi longtemps son étendard,
Et fait, sous les sultans, devenus ses apôtres,
Courber le quart du globe et trembler les trois autres ;
En vain quelques rameaux de sciences et d'art
Ont poussé sur ton sol d'une tige étrangère ;
En vain apercevant, à travers les cyprès,
Et tes kiosques d'or et tes blancs minarets,
Parfois j'ai pu sourire à leur forme légère,
Et voulu voir de près l'arabesque courir ;
Rien, non, rien n'absoudra ta funeste conquête
Des ravages sans nom, dont t'absout ton prophète,
Des massacres sans fin qui te feront mourir.

Ami, de ces horreurs détournons la pensée ;
Comme on fuit les écueils, que notre traversée
Évite ces bas-fonds de peuples ignorants,
Qui font gloire de l'être et se proclament grands !
Mais quand la barbarie à cette impudeur monte,
Je soufflette un orgueil qui se pare de honte.

Et pourtant, chaque fois que sultans et vizirs
Unissent leurs efforts et leurs ardents désirs

Pour dissiper la nuit qu'épaissit l'ignorance
Sur ces peuples déchus que relève la France,
J'hésite à prononcer leur sentence de mort ;
Comme si quelque espoir de sauver une race
Dont plus d'une vertu rend la foi si vivace,
Dans mes vieux souvenirs réveillait le remord.

O splendide Alhambra, temples, cités vermeilles,
Que le génie arabe enrichissait jadis
De tout ce que le sol enfante de merveilles,
L'imagination de riants paradis ;
Qu'êtes-vous devenus, doux foyers de lumière,
Qui, réchauffant la cendre où dormait le passé,
Lorsque la nuit couvrait un côté de la terre,
Versiez à l'autre un jour à présent effacé ;
Vous, dont partout encor le nom seul prononcé
Fait rêver de bonheur, d'amour et de féeries,
Et de palais brûlant du feu des pierreries,
Au fond desquels trônait le kalife Almanzor
Qui d'Haroun-al-Raschid préparait l'âge d'or !
Courts moments, où l'on vit, de Samarcande au Caire,
De Cordoue à Bagdad, de Fez à Cachemyr,
De sultan en sultan, et d'émir en émir,
La science et les arts ouvrir leur sanctuaire !

Ah ! vous avez brillé d'une vive splendeur !
Mais le temps, d'un coup d'aile, a dispersé des flammes
Qui ne s'avivaient point au feu sacré des âmes,
Et qui devaient mourir de leur terrestre ardeur.

5

L'Islam reverra-t-il les jours de sa grandeur?
Peut-il rendre la vie aux rives du Bosphore,
Si son Croissant ne jette à ces bords toujours beaux
Que les pâles reflets des nocturnes flambeaux,
Pareils à ces lueurs que traîne le phosphore
Sur les marais dormants et sur les froids tombeaux?

CHANT QUATRIÈME.

—

L'ITALIE.

Parfois, durant l'ardeur des nuits caniculaires,
On voit au bord des cieux, sans qu'ils en soient troublés,
Tressaillir des éclairs coup sur coup redoublés ;
Ainsi, le front serein et chargé de colères,
Thébel étincelait, et, l'esprit anxieux,
Tournait vers l'Occident sa pensée et ses yeux.

Des bruits de fers brisés, d'airain, et de cantique.
Comme en fait retentir la victoire à genoux,
Sur les bords opposés du golfe Adriatique
Éclataient, et dans l'air élevaient jusqu'à nous
Leur immense clameur de joie et de courroux.

Un cri de liberté traversait l'Italie !

Thébel, profondément émue à ces deux noms
Où tant de vieille gloire à tant d'espoir s'allie,
Longtemps resta muette et longtemps recueillie ;
Puis mêlant ses transports à l'hymne des canons :

—Gloire, s'écria-t-elle, oh ! oui, gloire à la France !
Elle est là ! je le sens ! le ciel guide son bras ;
Quand ils brisent un joug, je bénis les combats ;
Du sang qu'elle a coûté j'absous la délivrance.

Il est, il est des maux que guérit seul le fer,
Et des droits obscurcis qui demandent l'éclair
Que font jaillir les camps au choc ardent des lames.
La tempête est à Dieu pour purifier l'air,
Aux hommes le canon pour relever les âmes !

Que ce spectacle est beau ! qu'il réjouit mes yeux !
Allons voir de plus près ce pays radieux ;
Lorsque le Mincio, l'Éridan et l'Adige
Voient la France entasser prodige sur prodige ;
Lorsque Solférino, du haut de Magenta,
L'élève à des sommets qui donnent le vertige ;
Allons voir, à travers son éternel prestige,
Ce qu'à son tour, jadis, l'Italie enfanta.
Que je touche du pied, et que mon œil contemple
Ce sol où tous les arts ont leurs dieux et leur temple ;

Où revivent partout Virgile et Raphaël.
En foulant cette terre on marche dans le ciel !
Chaque pas qu'on y fait soulève une poussière
Qui dit quelque grandeur ou jette une lumière.

Remuons cette cendre, évoquons le tombeau.
Les peuples incertains du chemin qu'il faut suivre,
De la vie, en courant, se passent le flambeau ;
Mais, pour les rappeler aux vertus qui font vivre,
Il est bon que la mort leur ouvre son grand-livre !
Son livre des arrêts qu'on ne peut effacer,
Où sont mis à néant toutes les fausses gloires,
Tous les jugements faux qui faussent les histoires ;
Où, selon sa valeur, l'œuvre vient se placer ;
Où l'hybride n'est point le vrai type ; où la chose,
Légère devant l'homme, est grave devant Dieu ;
Où le génie obscur, qui n'eut ni feu ni lieu,
Monte au char enflammé de son apothéose,
Et sous sa roue ardente écrase le serpent
Que l'envie à ses pieds attachait en rampant ;
Où, ployant sous le faix de leurs œuvres bénies,
Comme Atlas sous le ciel, ces deux puissants génies,
Le triple Michel-Ange et Dante pèsent plus
Qu'ensemble tant de rois rasés ou chevelus ;
Où, lorsque Octave enfin devient clément et juste,
Rome le glorifie et le proclame Auguste !

Là César, expiant ses gestes surhumains,
En tombant se montra le plus grand des Romains ;

Car, pour la paix de tous, seul, lorsqu'un héros lutte,
Le moment culminant de sa gloire est sa chute!

Oui, quand César pardonne au fer qui l'a percé,
Au poignard de ce fils que ses mains ont bercé,
Et qui le tue au nom d'un mot alors sans vie,
D'un principe partout bassement déserté,
Son cœur est magnanime, et la haineuse envie,
En le frappant à mort, frappa l'humanité.

Ni Brutus ni Caton, qui désespéraient d'elle,
N'étaient à la hauteur de la grande immortelle,
Du colosse romain par tous les vents battu :
La foi dans l'avenir manquait à leur vertu !

Un autre ordre s'ouvrait avec César, et Rome
Se serait relevée en passant par cet homme ;
Ses vices s'épuraient dans la gloire ; lui seul,
Quand de la république il entendait le râle,
Aurait pu de cette ombre empourprer le linceul,
Et dater le salut de l'ère impériale.

O César ! quels lauriers n'ont pas absous ton front !
Orateur, écrivain, politique profond,
Tu te multipliais ; tu gagnais des victoires
Que ta plume en courant gravait dans ces mémoires,
Dont le style rapide, à travers sa clarté,
Laisse voir jusqu'au fond toute la vérité,
Et qui du genre encor sont restés le modèle !

Et toi que Rome a vu, proconsul infidèle,
Trahir son intérêt pour mieux servir le tien,
Et, pauvre de vertus, regorgeant de rapines,
Couvrir de tes jardins une des sept collines,
Que ne serais-tu point si, plus ami du bien,
Salluste, l'homme en toi valait l'historien !

Mais Rome a des Romains qui, rachetant leurs fautes
Par l'amour de la gloire et la haine du mal,
Joignent un pur génie aux vertus les plus hautes.

Du Sénat au Forum, là, près du Quirinal,
Entre le Capitole et le mont Viminal,
De l'outrage des lois indignant ses harangues,
Cicéron foudroyait et perçait de ses traits
L'infamie à deux chefs, Catilina—Verrès,
Et d'échos en échos gagnait toutes les langues.

Mais cette grande voix des devoirs les plus saints,
Qui le fit appeler père de la patrie,
Qui triomphe du temps et de la barbarie,
Ne put point désarmer le bras des assassins.
Antoine était vainqueur : les poignards et les piques
Eurent horriblement raison des Philippiques.

O noble et tendre cœur, où tous les sentiments
Qui relèvent l'ami, le citoyen, le père,
Pour y puiser toujours de nouveaux aliments,
S'étaient réfugiés comme en un sanctuaire,

Tu l'arrêtas soudain ; tant que tu palpitais,
Le cruel triumvir tremblait pour ses forfaits,
Et la peur des vertus te fit cesser de battre ;
Digne exploit d'un guerrier que sa lubrique ardeur
Arrachera du lit où dormait la pudeur
En le faisant tomber plus bas que Cléopâtre !

Là, quand les jours de deuil enfin seront passés,
Tite-Live écrira cette histoire éloquente,
Dont les fastes jamais ne seront surpassés ;
Qui prend à son berceau Rome encor vagissante,
Grandit, marche avec elle, et, d'exploits en discours,
De conquête en récits, s'élargissant toujours,
De ses bras, comme un fleuve immense, étreint la terre,
Et riche des afflux d'un monde tributaire,
A l'empire naissant laisse expirer son cours.

De ces livres remplis de la grandeur romaine,
La plupart sont perdus ; dans ses gouffres jaloux
Le temps les a plongés, et le reste avec peine,
Épave du naufrage, est venu jusqu'à nous.

Plus grave, plus profond, là, l'historien-juge,
Ne laissant aux pervers ni trêve ni refuge,
Tacite, dans le mal enfonçait son courroux,
Et ne pouvant lier ces monstres et ces fous,
Qui de l'empire alors faisaient les saturnales,
Les contraignait d'entrer dans ces cages d'airain,
Dans ces prisons d'État qu'on nomme les Annales.

Puis, las d'y torturer le crime souverain,
De la pourpre saignante il lavait son burin,
Et détournant les yeux de toutes ces souillures,
Retraçait des Germains les mœurs simples et pures,
Peignait d'Agricola les antiques vertus,
Et cette intégrité d'honneur qui n'était plus.

De ces livres aussi, le grand gouffre où tout sombre
N'a laissé surnager, hélas ! qu'un petit nombre ;
Mais ce qui reste encore, en formant le faisceau,
Au génie historique a mis le dernier sceau.

Peut-être un jour, le temps, las de voir et de lire
Tant d'œuvres, fruits hâtés d'un savoir mal appris,
Pour mieux montrer comment l'histoire doit s'écrire,
Par pitié, nous rendra tout ce qu'il nous a pris ;
Et l'art de Gutenberg sera fier de transmettre
Et de multiplier l'œuvre entière d'un maître,
Du grand historien qui, de son œil perçant,
Regardait l'avenir à travers le présent.

Mais reposons nos yeux sur des gloires plus douces,
Alors que respirant de ses rudes secousses,
Rome, en son lit couchée, écoute nuit et jour
Et Gallus et Catulle, et Tibulle et Properce ;
Vifs archers de Vénus, dont plus d'un, tour à tour,
Tire de son carquois le trait aigu qui perce,
Le trait de l'épigramme et celui de l'amour.

C'est dans ces heureux temps qu'à côté de Virgile,
Leur maître à tous, chantaient sur des modes divers,
Ces poëtes aimés, dont l'art pur ou facile
Dans l'esprit et le cœur grave à jamais les vers :
Horace, courtisé de Mécène et d'Auguste,
Et celui qui plus près encor de leurs faveurs,
Aux bords du Pont-Euxin, par un arrêt injuste,
Alla subir l'exil pour prix de ses ferveurs.

Mais la muse n'est point inflexible au poëte :
Ovide a triomphé de la rigueur du sort ;
Ses chants, ses longs soupirs ont su toucher la mort,
Et lui font dans la tombe une éternelle fête.

Je ne t'oublîrai pas, ô toi, qui te cachais
Loin du monde et du jour pour mieux voir la lumière,
Et qui par des sentiers pleins d'ombre la cherchais
Sans vouloir remonter à la cause première,
Lucrèce, dont Virgile admirait les accents !

Des choses dans tes vers tu chantas la nature ;
Mais suivant de trop près les traces d'Épicure,
De la création tu n'as pas vu le sens,
Et quoique ton savoir dans sa marche s'épure,
Ta haine des faux dieux et ton amour du bien
N'ont pu trouver Celui qui créa tout de rien.

Et cependant, malgré ton désolant système
De scruter, hors de Dieu, les lois qu'il fit lui-même,

Tu sais les révéler parfois si grandement,
Qu'on se laisse entraîner aux beautés d'un poëme
Qui peut régler sa marche en son égarement,
Et dans son ciel désert rayonner puissamment.
Car, lorsque le poëte a le verbe qui crée,
Il lance, comme Dieu, son œuvre à la durée,
Et la durée esclave, allant, allant toujours,
Prolonge à l'infini l'œuvre de quelques jours.

Voulons-nous remonter jusqu'à Plaute et Térence,
Que Thalie et la Grèce ont formés pour la France?
Dans l'un quel mouvement, quel tour original !
Que d'imprévu, de sel, et d'esprit, et de verve !
Et dans l'autre, quel art, quel goût, quelle réserve !

Et que dire de Perse? et de toi, Juvénal?
Oh ! j'aime votre haine, et la mienne s'allume,
Alors que, l'œil en feu, sublimes forgerons,
Vous trempez dans l'éclair, vous battez sur l'enclume
Ces vers qui vont frapper les impudeurs aux fronts;
Ou que, vengeurs sacrés des lois de la nature,
Vous surprenez l'orgie en ses délits flagrants,
Et grandissant d'horreur en les voyant si grands,
A leurs affreux plaisirs vous donnez la torture !

Est-ce tout? Rome encore a bien d'autres esprits,
Dont le culte des arts, l'amour de la science
Élevait la pensée, inspirait les écrits,
Et des talents entre eux fécondait l'alliance.

Elle a Phèdre; Varron, qui fut, de son vivant,
Entre tous les Romains nommé le plus savant,
Et des champs, dans ses vers, enseigna la culture.

Elle a Quintilien, qui dicta des arrêts
Dans l'art dont Aristarque enseigna les secrets,
Et fit de la critique une magistrature.

Elle a Stace, Ennius; elle a plus d'un Caton,
Et plus d'un Antonin réalisant Platon!
Les deux Pline, dont l'un, épris de la nature,
En a fait des récits moins vrais que merveilleux,
Répertoire animé de la terre et des cieux;
Vitruve, en qui revit toute une architecture!
Et Pétrone à la fois poëte et prosateur,
Que j'oserais louer si l'élégant conteur
S'indignait des excès dont il fait la peinture.

Elle a l'historien d'Alexandre le Grand,
Au style si correct, si pur, si transparent,
Qu'à travers le mensonge on le suit, on l'admire,
Comme une onde infidèle où le soleil se mire.

Dirai-je Claudien, Aulu-Gelle et ses Nuits?
Ses Nuits, reflets des mœurs et de la vie antique,
Où brillent, par fragments, comme en une relique,
Tant d'ouvrages vantés que le temps a détruits;
Lucile que je passe, et que l'art revendique;

Suétone, Lucain, et celui-là surtout
Qu'on a trop accusé de corrompre le goût,
Et qui plus haut encor d'esprit que son critique,
Vivra par ses écrits et par sa mort stoïque !
Oui, quoique le vrai sage ait peine à t'approuver,
Quand tes actes, parfois, démentent tes maximes,
Sénèque, tes pareils sont rares à trouver.
Tu vécus dans des jours d'opprobres et de crimes,
Où l'horreur des vertus et de la liberté
Dressait sur leurs tombeaux son trône ensanglanté.
A ces filles du ciel, que bannissait la terre,
Tes livres ont ouvert un digne sanctuaire,
Et tu les rends au monde, alors que leurs bourreaux
Disparaissent des temps dont ils sont les fléaux.

Et cet autre rhéteur, instruit en toute chose,
Que Madaure a vu naître, et qui donna le jour
A ce roman fameux de la Métamorphose,
Où la muse a prêté son doux charme à la prose,
Ne peut-il, — vers Psyché quand il conduit l'Amour, —
Dans ce chœur des esprits prendre rang à son tour ?

Et si nous descendons le grand fleuve des âges,
Que de profonds penseurs, que d'écrivains brillants,
Au vieux livre romain ont ajouté de pages,
Ou, comme Canova, dans des marbres parlants,
Ont retrempé les arts aux sources de l'antique,
Et réjoui leur ciel d'un reflet de l'Attique !

Heureux quand leurs vertus égalent leurs talents,
Quand un accent sincère anime leurs ouvrages !

Monti prodigue trop l'éloge et les outrages ;
Machiavel fourbit trop d'armes aux tyrans,
Mais d'un regard plus sûr nul n'a fouillé l'histoire !
Mais, le premier de tous, Vico, conquit la gloire
D'en pénétrer l'esprit sous les faits apparents ;
Mais aux délits divers mesurant mieux les peines,
Beccaria, cherchant plutôt à prévenir
Qu'à frapper l'attentat qu'on a droit de punir,
Adoucit les rigueurs des justices humaines ;
Mais ta muse et ta foi, dans leur hymen béni,
Qui fait chanter ton cœur du doux bonheur de croire,
Qui couronne de fleurs ton vieux front rajeuni,
Et de l'oubli des temps sauvera ta mémoire,
Nous ravissent toujours, ô noble Manzoni !

Eh bien ! tous ces guerriers si puissants, dont les armes
Devant Rome tenaient les peuples à genoux ;
Ce pur génie antique, et jeune encor de charmes ;
Ces lois dont le bienfait est venu jusqu'à nous ;
Cette gloire profane et qu'ont divinisée
Les miracles de l'art et ceux de la pensée,
Tout pâlit à l'aspect de ces héros chrétiens,
Qui de Rome, en tombant, devenaient les soutiens,
Brisaient ses fers au fond des prisons Mamertines,
Guérissaient dans leur sang ses lèpres intestines,
Dominaient la matière, et, vivant dans la mort,

Au delà du trépas poursuivant des conquêtes
Où toutes les vertus ont leur temple et leurs fêtes,
De la ville éternelle éternisaient le sort,
Et donnaient à la vie un plus divin ressort.

Voilà Rome ! voilà sur sa nouvelle assise
La cité des Césars par leurs martyrs conquise ;
De la terre et du ciel voilà ce Panthéon,
Qui voit un empereur lui faire sentinelle,
Et qui, sans Charlemagne et sans Napoléon,
Peut forcer tous les temps à compter avec elle !

Ah ! si jamais la fourbe et le mépris des droits
Voulaient la détrôner de ses pontifes-rois ;
Si jamais des enfants, rendant leur mère veuve,
Osaient jeter l'anneau du pêcheur dans son fleuve,
Et livrer l'arche sainte au caprice des vents,
Tu te réveillerais du fond des catacombes,
O Rome souterraine, et, sortant de leurs tombes,
Tes morts la défendraient à défaut des vivants !

Oui, l'on verrait surgir de tous les ossuaires,
Avec leurs nimbes d'or, avec leurs blancs suaires,
Ces générations d'apôtres, de héros,
De vierges, de martyrs, vainqueurs de leurs bourreaux,
Qui, rallumant au ciel leurs cierges et leurs palmes,
Iraient à l'ennemi, pacifiques et calmes,
Et d'un accent brûlant de cette charité,
De cet immense amour, divin d'humanité :
« Où courez-vous ainsi ? Quels desseins sont les vôtres ?

« Quelles lois, par le fer, venez-vous enseigner?
« De quel nouveau Messie êtes-vous les apôtres?
« Ah ! si de votre sang, pour le salut des autres,
« Vos cœurs durs et sans foi ne savent point saigner ;
« Allez à Rome, allez, instruments de colère,
« Sur ses autels divins allez frapper l'amour ;
« Faites, en pleine paix, vous que cet âge éclaire,
« Ce qu'en plein temps barbare Attila n'osa faire !
« Le triomphe est certain ; mais il n'aura qu'un jour,
« Et fera triompher la justice à son tour. »

O race des Latins, entre toutes féconde,
Que n'as-tu pas fondé? que n'as-tu pas produit?
Puissante par le glaive où la pensée abonde,
Ta charrue à deux socs a labouré le monde,
Et dans plus d'un sillon le monde encor te suit.

Tes mains ne tiennent plus le sceptre de la terre,
Il est vrai ; mais tes arts, tes codes, tes écrits,
Et les papes de Rome, empereurs des esprits,
Et les champs de soleil, et ton ciel qui t'inspire,
Et tes palais de marbre où ce qui fut respire,
Tout, jusqu'à tes débris, te relève et te rend
Ton empire perdu sous un nom différent.

Oui, tu règnes encor ; la langue de Virgile
Chante aux peuples meilleurs le Dieu de l'Évangile :
Elle s'étend partout où pénètre la foi,

Le pâtre la comprend aussi bien que le roi ;
De ton nom, de ta gloire elle se fait l'apôtre,
Et par des nœuds d'amour unit un pôle à l'autre.

Eh bien ! divin pays, terre et ciel adorés,
Où les sources du beau coulent à flots sacrés,
Où l'art a des autels, et devant ses grands-prêtres
Fait courber les vainqueurs pour en faire des maîtres ;
Qui, transformant ta langue, adoucissant ta voix,
Es devenu classique une seconde fois !
D'où l'harmonie encor ravit, joyeuse ou tendre,
Un monde las de tout, mais non pas de l'entendre ;
Où la ville éternelle, éternelle leçon,
A pour trône un autel et le Christ pour raison,
Songe, songe, Italie, à cette destinée
Promise tant de fois à ta longue lignée ;
Prouve aux peuples nouveaux, reine du monde ancien,
Que l'art de gouverner est encore le tien !

Renais, marche, grandis en dépit des entraves ;
Mais, mieux que tes volcans, rends fécondes tes laves,
Sois digne de toi-même, et souviens-toi toujours
A quel peuple, à quel prix tu dois tes nouveaux jours !
Donne un plus libre essor aux biens que tu diffères,
Et que la France et toi fassent incessamment
Monter et resplendir sur les deux hémisphères
Leurs beaux fronts constellés comme le firmament !

Mès vœux s'accompliront : dans ton ardeur prudente,
Lasse de t'épuiser en de sanglants discords,
De tes membres divers ne forme plus qu'un corps,
Et que cette unité te rende indépendante.

Mais laisse Rome à Rome, et n'étends pas ta main
Sur cette arche sacrée ouverte au genre humain ;
Rome, — quoique partout l'esprit du mal en gronde, —
N'est point à l'Italie, elle appartient au monde !

Tu lui rendras ainsi ces siècles radieux
Qu'illustrèrent jadis tous ces vrais demi-dieux,
Dont jamais dans tes flancs ne s'épuise la race,
Michel-Ange, Arioste, et le Dante, et le Tasse,
Ces siècles qu'ils ont faits ou plus beaux ou meilleurs,
Et qu'on nomme toujours d'autres noms que les leurs.

Certes, aux yeux du ciel, quand elle est forte et juste,
La royauté revêt un caractère auguste ;
Celui qui l'exerça peut sur le front du Temps
Imprimer ses bienfaits en signes éclatants.
Mais qu'on donne à César ce qu'on doit au poëte ;
Qu'un siècle illuminé par un divin esprit
Appartienne de nom, et comme une conquête,
Au vice couronné qui parfois l'assombrit ;
Que l'œuvre, dont jamais la gloire ne périt,
Relève de grandeurs qui tombent en poussière ;
Qu'un astre qui brilla d'un éclat sans pareil,

Et qui brille toujours de sa propre lumière,
Serve de satellite et non pas de soleil,
C'est là ce qu'à César il est temps qu'on dénie,
Et ce que, par ma voix, Dieu décerne au génie.

Oui, l'esprit chaque jour élève son niveau,
Et la force, sans lui, tombe à terre ou recule ;
L'héroïque pensée ouvre un ordre nouveau :
L'avenir appartient à ses travaux d'Hercule.

CHANT CINQUIÈME.

—

L'ALLEMAGNE.

—Thébel, ainsi que toi, j'aspire à ce moment
Où le génie aura son grand avénement.
Mais ces temps sont encor loin de nous, et les hommes
Ont bien d'autres soucis, fiers et faibles atomes,
Que ceux de la justice et de la vérité.
En vain ces deux flambeaux nous jettent leur clarté,
A s'éclairer par eux notre esprit se refuse,
Il préfère son ombre et son iniquité,
Et blasphème souvent le jour pur qui l'accuse.

Ah ! s'il est quelque part un pays, sous les cieux,
Où du juste et du vrai l'homme soit soucieux,

O Thébel, hâtons-nous, dirigeons notre course
Vers les lieux fortunés où ces biens ont leur source.
— Eh bien ! reprends, ami, ta place auprès de moi :
Ce pays de penseurs, dont l'esprit en émoi
Cherche toujours, et perd parfois plus qu'il ne gagne,
Regarde au loin, là-bas, c'est la docte Allemagne.
Des cimes du Tyrol qui, fidèle à sa foi,
Nous chante sa chanson, de montagne en montagne,
A travers son ciel pur, tu peux apercevoir
La brumeuse contrée où fleurit le savoir.

— Cher guide, mais comment suivre les pas des sages,
Comment dans leurs secrets avec eux pénétrer,
Si nous allons toujours à travers les nuages ?

— Ce n'est qu'à ces hauteurs qu'on peut les rencontrer !
Tous les chercheurs hardis de choses inconnues,
Pour éclairer la terre, habitent dans les nues ;
Tous veulent hasarder, sur les Horebs en feu,
Le terrible entretien de l'esprit avec Dieu.
Les uns sont consumés par l'ardent dialogue ;
Mais les autres, le front plus grand et plus serein,
En descendent portant le divin Décalogue,
Ou le poëme écrit sur des tables d'airain.

Les vois-tu, les vois-tu ces habitants des cimes,
De poëtes abstraits groupe immatériel ?
Penchés dans leurs esprits comme dans des abîmes,

Ils y fouillent le sens de la terre et du ciel.
Ils s'appellent Leibnitz, Kant, Schelling, Fichte, Hegel,
Grands hommes aux noms durs qu'avec peine on prononce,
Sphinx qui posent l'énigme et cherchent la réponse.

Leur génie est subtil, puissante leur raison ;
Mais ils éclairent mal leur immense horizon,
Et s'élèvent si haut, de prestige en prestige,
Que sur leurs monts perdus ils gagnent le vertige.
A leur esprit alors l'esprit saint dit adieu,
Et le désert se fait devant eux plus aride ;
Ils marchent dans la nuit, ils parlent dans le vide,
Et leur verbe égaré comme un trait qui prend feu,
A travers l'infini parfois va frapper Dieu.

A ces grands novateurs rendons pourtant hommage :
Lucides, éclatants, ténébreux tour à tour,
Ils tiennent à la fois de la nuit et du jour,
Et bâtissent dans l'air un monde à leur image,
D'efforts, parfois féconds, fragile monument.
C'est que sur chaque assise ils ont glissé le doute,
C'est qu'au temple hardi manque le fondement ;
C'est qu'ils ont oublié de suspendre à la voûte
Cette lampe du ciel qui luit incessamment.

En vain la profondeur, la nouveauté des vues
Ouvrent dans leurs écrits des routes imprévues,
Ces œuvres dont la règle est un dérèglement,

N'auront jamais la vie et l'avenir pour elles ;
La durée appartient à des œuvres plus belles.

Venez, apparaissez, Klopstock, Goethe, Schiller ;
De vos créations peuplez la terre et l'air,
Et faites voir comment, en fouillant les abîmes,
On peut toucher les fonds, et rester sur les cimes.

Regarde, remuant l'empyrée et l'enfer,
L'auteur de Faust avec son front de Lucifer !
Qu'il est grand ! les esprits tremblent en sa présence :
Maître de sa pensée et calme en sa puissance,
Semblable à Jupiter, dans sa nuée assis,
Il va tout ébranler s'il fronce les sourcils !

Mais dans son lit d'azur en chantant il se couche,
Et l'Hymette et l'Hybla, pour le nectar du ciel,
Entre les doigts d'Hébé distillent moins de miel
Que les accords divins exhalés de sa bouche.

Vois comme avec orgueil il contemple Schiller,
Ce poëte orageux, que l'avenir réclame,
Dont les yeux ont des pleurs où se mêle l'éclair :
Toute l'humanité palpite dans son âme !

Venez aussi, venez, ô maîtres d'un autre art,
Haydn, Bach et Weber, Beethoven et Mozart,
Avec tous ces élus formez un chœur magique ;

Prouvez que l'harmonie a la grande logique,
Celle qui se dérobe au vulgaire, et que Dieu
Chante dans la forêt et dans l'étoile en feu.

Et vous qui, les premiers, des sphères définies
Avez trouvé les lois, décrit les harmonies,
Que dans les temps anciens Philolaüs, dit-on,
Entrevit ; à ce chœur joignez-vous, purs génies ;
Quittez, pour un moment, le lumineux sillon
Où je dois rendre hommage à vos œuvres si hautes,
Dans ces champs éthérés dont vous êtes les hôtes,
Copernic et Kepler, précurseurs de Newton.

Comme ce grand esprit, rayonnez de lumière ;
Vous aviez dans le cœur cette vertu première,
Cette simplicité d'enfant, divin miroir,
Où, sans voile, le ciel prend plaisir à se voir.

Que te dirai–je encor ? Mais, pour reprendre haleine,
Ami, de nos sommets descendons dans la plaine.
Quel peuple industrieux y remplit les cités !
Quelle ardeur au devoir ! On dirait des abeilles,
— Si les bourdonnements flattaient mieux les oreilles, —
De la ruche à leurs fleurs volant de tout côté.
Que d'amoureux propos ! que de naïveté !
La ville et la forêt, le val et la montagne,
Tout travaille et paraît content de travailler.

Saluons ce marchand; suivons cet écolier.
D'où vient-il? D'Heidelberg; il va par la campagne
Rêver philosophie et chanter sa chanson.
Il sourit : il a vu l'idéale compagne
Qui doit l'aimer toujours, et gai comme un pinson,
Il bâtit sur le Rhin des châteaux en Espagne,
Et jette, en attendant, son espoir au buisson.

On dit que ce naïf et charmant caractère
Dans je ne sais quel air enfumé, délétère,
Se corrompt chaque jour, et qu'un savoir hâté
Y porte plus d'un fruit dans son germe gâté.

On dit qu'en ce pays, où régnait la droiture,
Thémis change souvent de poids et de mesure;
Que la vénalité s'y creuse des égouts
Où se puisent à flots la haine et les dégoûts,
Et que trop infidèle à ta douce nature,
— Quoique de ton bonheur tes rois soient désireux, —
Peuple heureusement né, tu ne vis pas heureux.

Voilà ce que l'on dit tout haut, et je déplore
Un mal qui souille et ronge un peuple que j'honore.

Eh bien! malgré la plaie attachée à tes flancs,
Allemagne, je t'aime, et j'aime tes enfants;
Tu vis d'art et d'amour, de science et de rêve;
Tu vas l'idée au front et dans ta main le glaive,

Et les peuples seraient bien plus grands à mes yeux,
Si, voulant moins savoir, ils pouvaient savoir mieux.

Se borner ! dans cet art la France est ta maîtresse :
Poursuivant comme toi la suprême beauté,
Qu'exagéra l'Égypte et qu'atteignit la Grèce,
Elle joint la mesure et l'ordre à la clarté :
Rare présent du ciel qui fait briller et vivre
La tombe, le palais, la statue et le livre,
Qui changeant de nature et de forme et de nom,
S'appelle l'Énéide, ou s'écrit Parthénon.

Ce grand art, le plus haut, a produit Athalie ;
Il suspend dans les airs le dôme audacieux
De Saint-Pierre de Rome, orgueil de l'Italie,
Et fait communier la terre avec les cieux.

Pétrarque l'a connu ; d'une jeunesse antique
Il remplit Raphaël ! Grec, roman ou gothique,
Qu'il prenne le ciseau, l'équerre ou le burin,
Aux lois de la nature il obéit ; mais, libre,
Et sachant que la vie est dans leur équilibre,
Il imprime à son œuvre un cachet souverain ;
Bâtit le Louvre ; assied ces vieilles cathédrales,
Dont la flèche et la crypte, et la voûte et les dalles,
Déroulent de concert, dans un ordre béni,
Leur poëme achevé qui chante l'infini.

Dans ces créations, patiemment sublimes,
Actes fervents d'amour, de génie et de foi,
Qui, comme des vertus, se sont fait une loi
De ne dire qu'à Dieu leurs auteurs anonymes,
L'Allemagne est féconde, et peut avec fierté
Lever son front puissant parmi la chrétienté.

— Thébel, autant que toi j'admire l'Allemagne ;
Comme la France, elle a pour aïeul Charlemagne,
Mais elle ne tient pas le globe dans sa main :
C'est au Franc qu'est échu l'héritage romain.

L'Allemagne jamais, quelque esprit qui l'inspire,
Ne ressuscitera les jours du Saint-Empire ;
Non, ce grand corps, saignant de ses membres épars,
Ne ceindra plus son front du bandeau des Césars.

En vain, quand un échec la froisse et la courrouce,
Belle encor sous les plis de sa pourpre en lambeaux,
Elle évoque en secret, du fond de leurs tombeaux,
Othon le Grand avec Frédéric Barberousse ;
Génie ardent du Nord, altéré d'Orient,
En vain elle poursuit un monde plus riant,
Et, les naseaux ouverts, hennissante cavale,
Court et boit à tout fleuve, et bondit sous le frein,
Elle rêve toujours de sa rive natale,
Et, comme ses châteaux penchés aux bords du Rhin,
Elle mire sa gloire en son cours souverain.

Jouissons de son œuvre et de sa joie austère.
Qui sait? peut-être, un jour, ses éternels songeurs
Trouveront-ils enfin le mot du grand mystère,
Cette perle des mers que Dieu cache à la terre,
Et qu'ont cherchée en vain tant de hardis plongeurs.
En attendant, passons sous un ciel moins sévère.

CHANT SIXIÈME.

——

LA RUSSIE

— Nous irons sous un ciel plus rigoureux encor.
Il nous faut aborder ces régions funèbres
Qu'à peine le soleil atteint dans son essor ;
Où des nuits de trois mois entassent leurs ténèbres ;
Muets déserts de glace et d'horreur, dont le nom,
Rien qu'en le prononçant, me donne le frisson,
Et j'attache un manteau d'hermine à mon épaule,
Comme si, d'un seul bond, j'avais touché le pôle.

Rassurons-nous pourtant, ces pays de la mort
Ont des hôtes plus durs que le froid qui les mord.

L'homme qui dans la nue attaque le tonnerre,
Le contraint de se rendre et l'enfouit sous terre ;
L'homme, — et c'est sa grandeur, — brave tous les climats,
Et tourne à son profit leurs feux ou leurs frimas.

Pour se perpétuer, l'aigle a besoin des cimes ;
Il faut l'antre au lion sous un ciel tropical,
Et les restes sanglants de sa proie au chacal.
Mais l'homme vit de tout et partout : les abîmes,
Il les fouille ardemment, libre ou les pieds aux fers ;
Les monts, il les ébranle, il les ouvre, il les creuse ;
Armé du rameau d'or, ce prix des maux soufferts,
Il poursuit dans leurs flancs sa marche aventureuse,
Et réalise ainsi la descente aux enfers.

Mais ces fameux trésors, qu'aux âges héroïques,
Les poëtes faisaient garder par des dragons ;
Cet or et cet argent que les deux Amériques
Sèment à fleur de terre ou cachent dans leurs monts ;
Tous ces riches métaux, ce charbon dont la flamme
Transforme la matière en lui donnant une âme ;
Ces fruits qu'avec la dent du fer on a mordus,
Mordent ceux que la faim pour cette œuvre a vendus.

Nous ne descendrons point dans ces cavernes sombres,
Où l'absence du ciel réduit à l'état d'ombres
Tous ces pauvres chercheurs de trésors pour autrui,
Et qui trouvent la mort quand la misère a fui.

L'air pur arrive en vain à ces infectes couches ;
En vain, pour respirer, ces tombes ont des bouches ;
Le danger combattu se rend, il ne meurt pas,
Et, sitôt qu'on l'oublie, il lance le trépas.

Oui, tels sont en tous lieux, de l'équateur au pôle,
Tels furent en tous temps et sur tous les chemins,
La triste destinée et le funeste rôle
Que subit ou que joue une part des humains,
Qui nourrit l'autre, et meurt du travail de ses mains *!

Donc, sans les visiter, à ces mines où germe
Un or, que le fer ouvre, et que la mort referme,
Nous ferons nos adieux ; les Ourals, l'Altaï,
Ne valent pas l'idée au front du Sinaï.

Non, l'or du vrai bonheur n'est pas le dernier terme,
Mais il y peut mener, quand l'esprit et la main
S'en servent grandement et le rendent humain.

Pour l'avoir méconnu, la fertile Bétique,
L'Espagne, s'appauvrit des trésors du Mexique ;
L'argent que lui versaient à flots ses galions
Vint dessécher sa vie et celle des sillons,
Et lui fit expier son crime d'Amérique,
Crime que l'Angleterre et la Russie encor
Ne peuvent qu'égaler, tant il est souillé d'or !

* Dans plusieurs contrées, les populations pauvres acceptent assez gaiement cette triste nécessité de vivre d'un travail qui tue.

7

Je livre à ton courroux cette longue tuerie
De peuples innocents que la cupidité
Offrait en holocauste au Dieu de charité !
Venge-les ; dans le crime enfonce ta furie ;
Qu'aux oreilles du fort le sang du faible crie,
Et si haut et si bien, que sa sainte clameur
Arrache à ses bourreaux la Pologne meurtrie ;
Un corps écartelé qui vit et qui se meurt,
Un miracle saignant d'amour pour la patrie !

Mais, hélas ! le remords entre-t-il dans un cœur,
Quand le vautour est l'aigle et que l'aigle est vainqueur ?

O rois ! ô nations ! qui vivez de rapines,
De ruses, d'attentats, vous aurez votre tour :
Vos fronts, sous les lauriers, sentiront les épines,
Et l'aigle deviendra votre éternel vautour !

En attendant, luttons ; ne perdons pas courage,
Et n'oublions jamais que le mal combattu
Pactise avec les cœurs désarmés de vertu :
Par nous-mêmes toujours commençons notre ouvrage.

Et maintenant, ami, serrons-nous de plus près.
De l'ardeur ! nous entrons dans ces mornes espaces
Où la nature en deuil tient la vie aux arrêts.
Le voilà ce pays des éternelles glaces,

La Russie ! Elle est là dans son immensité
De steppes, de silence et de rigidité,
Où sur tout ce qui naît, croît, végète, respire,
L'hiver et l'empereur se disputent l'empire.

Plus prompts que les traîneaux emportés par l'effroi
Des loups hurlant de faim aux vents hurlant de froid,
Traversons ces déserts, où la neige et le givre,
Sur les rares sapins qui s'étonnent d'y vivre,
Semblent, durant la nuit, — spectacle horrible à voir —
Des squelettes d'humains pendus de désespoir,
Et qu'à peine l'été de leur torpeur délivre.
Point de halte, surtout : la mort et le sommeil
Fraternisent ici devant un feu vermeil.

Comme la neige tombe ! Où s'ouvrir une route ?
Veut-elle ensevelir la terre, et lui tisser
Ce linceul qui, dit-on, pourrait la couvrir toute,
Si le soleil longtemps venait à s'éclipser !

Depuis ce jour sinistre où Moscou mis en cendre
Sauva Saint-Pétersbourg et le tzar Alexandre,
Où l'homme du destin et des étonnements,
Éclairé, mais trop tard, par la ville enflammée,
Et moins fort que le ciel, perdit sa grande armée
Dans son sublime enjeu contre les éléments,
Jamais hiver si dur, avant l'heure venue,
N'avait tant déchaîné de rigueur continue.

L'air, et la terre, et l'eau, tout est glacé d'horreur !
Regarde ! un calme affreux succède à la tempête :
On dirait que la mort, pour mieux frapper, s'arrête !
Les rennes, les élans, l'œil fixe de terreur,
Tremblent sous leur ramure. Entends-les, comme ils brament !
C'est qu'ils ont vu déjà planer les noirs corbeaux,
Et, plus pressés encor de les mettre en lambeaux,
S'avancer les ours blancs que les neiges affament !

Eh bien ! dans ces pays qu'enchaînent les hivers,
L'homme ressemble à l'ours, et la ville aux déserts.

Un moment, il est vrai, la vie y rompt sa glace ;
Et comme ici l'excès est la règle, les jours
S'enflamment tout à coup, et les étés trop courts,
Sans pénétrer le sol, en dessèchent la face.

Mais il n'en est ainsi ni partout ni toujours
Dans cet empire immense : il couvre tant d'espace !
Ce grand corps que le fer, sous la neige, revêt ;
Dont le front, pour couronne, a le cercle polaire,
Qui, pour faire son lit, prend le quart de la terre,
Et voudrait bien changer de somme et de chevet ;
Ce géant qui ne dort que pour rêver conquête,
Chauffe au soleil ses pieds qui lui chauffent la tête,
En sorte que si Dieu ne le retenait pas,
D'un bout du monde à l'autre il irait en trois pas !
D'au delà de Behring il court en Circassie ;
Son lien est un schisme, et cette orthodoxie

Fanatique, ignorante et de mauvais aloi,
Tient vingt peuples divers dans l'étau de sa loi.

Oui, c'est là que, humant l'encens de tous les cultes,
Pape et tzar à la fois, c'est là qu'un seul est tout,
Et qu'il peut, à son gré, par saint Serge et le knout,
Mener tambour battant des nations incultes.

C'est là que l'on connaît de nom la liberté,
Et de fait tous les jougs qui déshonorent l'homme ;
Là, que le paysan, selon qu'il est coté,
Va plus haut ou plus bas que la bête de somme,
Ou conserve auprès d'elle un droit d'égalité.

C'est là qu'un mal affreux, le plus profond peut-être
Qui jamais ait rongé ce pays du tourment,
Un mal dont jusqu'ici nul ne s'est rendu maître,
L'ulcère des bureaux s'étale effrontément.

Altéré de plaisirs, là, militairement,
Le boyard que le soin de ses champs importune,
Échange leur souci contre l'ennui des cours ;
Les joue, et sur un dé s'il risque sa fortune,
Au sort qui le trahit joue aussi quelques tours ;
Ou, devenu plus sage avec une autre lune,
Revient à ses moutons ronfler dans sa peau d'ours ;
A moins qu'un beau matin sa pauvre seigneurie
N'aille, disgraciée, apprendre en Sibérie
Comment la nuit s'allonge et s'abrégent les jours !

Telle est cette Russie où le maître est esclave,
Où nul ne s'appartient, pas même le plus fort,
Le Pontife-Empereur autocrate du Nord ;
Sorte de Bas-Empire, Alain, Kalmouk, Grec, Slave ;
Où, soldats et marchands, popes, serfs et boyards,
Ensemble sont la force et le danger des tzars.

Mais sur ce sol où nul sans crainte ne s'élève,
Où le maître, en passant, peut d'un seul coup de glaive,
Comme jadis Tarquin, abattre les pavots
Qui portent trop la tête au-dessus des niveaux,
L'esprit a des élans, les cœurs ont une séve
Que le glaive et le knout ont peine à maîtriser.
Ses peuples, par moments, semblent s'électriser ;
On dirait que soudain les ténèbres des âmes
S'éclairent de ces jets magnétiques de feux,
Dont le pôle, la nuit, fait resplendir les cieux.

Mais ce feu dans les cœurs laisse éteindre ses flammes :
Aurore boréale, il ne fait point lever
Le jour occidental, qui seul peut tout sauver.

Non, le plus vaste empire et le plus froid du globe
Ne saurait dans ses flancs féconder l'avenir ;
Non, ce n'est point du nord que le jour doit venir,
Il ne viendra jamais d'un ciel qui le dérobe.

Le colosse de fer a beau polir sa main,
Ou dire avec l'orgueil du messager romain :

J'ai la guerre et la paix dans le pan de ma robe,
Choisissez ! il n'est rien, sous ces beaux attributs,
Qu'un hybride produit de ces fauves tribus,
Qui, jadis, par torrents, hordes disciplinées,
Débordaient sur l'Europe et laissaient des traînées
Lugubres, où poussaient le désert et la mort !...
Ah ! qu'il connaissait bien ces Tartares du Nord
Dont le Midi toujours tente les soifs innées,
Le héros qui voulait clouer à leurs glaçons *
Ces races au cœur dur et toutes ces lignées
Dévorant la chair crue à donner des frissons
De dégoût et de peur même aux Anglo-Saxons.

Mais le ciel, qui semblait inspirer cette audace,
Arrêta l'Empereur dans ses hardis desseins
Pour conserver encor ces barbares essaims,
Et pouvoir, par moments, suspendre leur menace
Sur les fronts bas et fiers de ces peuples usés,
Qui, désapprenant Dieu, lisent mal dans son livre,
Et cultivant l'oubli des vertus qui font vivre,
Laissent leur âme en friche, et sont civilisés !

Mais qui sait si le temps, ce précepteur suprême,
Qui va de peuple en peuple, et demande à chacun
Cet échange de biens qui tourne au bien commun,
N'humanisera pas la Russie elle-même !

---

* La non-exécution du blocus continental fut plutôt l'occasion que la cause
essentielle de l'expédition de Russie. Le but de l'Empereur était de refouler les
Tartares au delà de Moscou et de leur barrer le chemin de l'Europe. (Voir les
entretiens de Napoléon avec le comte de Narbonne, dans les *Souvenirs contemporains*, par M. Villemain).

Un doux rayon d'espoir luit déjà sur son front.
La fin du mal est proche alors qu'il est extrême;
A force de souffrir ses peuples mûriront.
Entends, entends passer ces souffles de poëtes,
Qui, comme les épis, font résonner les têtes.
Du joug qui les abaisse ils les relèveront.
Le serf est affranchi, le boyard cherche à l'être,
Et le tzar qui les tient tous les deux dans sa main,
Et n'ose encor peser l'esclave au poids du maître,
Sent qu'un pouvoir se tue en restant inhumain.

Et pourtant,—crime affreux qu'amène un premier crime,—
La Russie égorgeant la Pologne, sa sœur,
Parce qu'ayant gardé sa croyance et son cœur,
Elle émeut les humains de son réveil sublime,
Croit remplir le devoir d'un maître légitime !
Il faut que son courroux soit proclamé divin
Par les échos sacrés d'une milice infime
De popes ignorants, béats et pris de vin,
Qui font le menu peuple à leur grossière image,
Et comme lui, repus largement de mépris,
Tiennent bas le niveau des cœurs et des esprits.

Voilà le mal profond, la honte, le dommage,
Dont les tzars de Russie ont voulu se doter
A force d'avilir ce qu'il faut respecter.

Mais ils ont des grandeurs pour relever les têtes;
Ils savent conquérir et garder leurs conquêtes;

Leurs soldats sont vaillants et prêts à tout tenter.
Quelle que soit la cause, ils la proclament sainte ;
Emportés par l'amour, ou poussés par la crainte,
Du moment que le tzar leur a dit de partir,
Ils vont comme un seul homme, et Russes, Huns, Sarmates,
Lions disciplinés, sublimes automates,
Se battent en héros, ou tombent en martyr.

Albion, veille bien aux clefs de la mer Noire !
Sinon, adieu Stamboul, sinon, adieu la gloire
De t'identifier avec les Turcomans,
Et d'être le premier des peuples musulmans !
Oui, de Mahomet deux les tzars savent l'histoire,
Et des Balkans franchis ils gardent la mémoire ;
Et comme s'ils voulaient pressentir le destin,
Un de leurs fils toujours s'appelle Constantin !

Mais qu'il ait nom César, Nicolas, Alexandre ;
Quel que soit le chemin que ces noms veuillent prendre,
Il est un nom plus grand, un empereur plus fort,
Un pays sans lequel l'occident et le nord,
L'aurore et le midi ne peuvent rien prétendre.
Ce nom, cet empereur, ce pays glorieux,
Le monde les connaît, et ce qu'ils veulent dire,
La terre, chaque jour, l'écrit au front des cieux :
C'est le droit de chacun recouvrant son empire,
C'est la réponse aux cris des faibles, des souffrants,
La liberté du bien, c'est le règne des Francs !

———

CHANT SEPTIÈME.

——

LA SCANDINAVIE. — LES RÉGIONS POLAIRES.

Nous parcourions ainsi dans nos courses rapides
Ces régions du Nord où l'homme, au sang ardent,
Entretient dans son cœur la soif de l'Occident.
Je croyais voir encor ces hordes de Gépides,
De Vandales, de Goths, de Huns, peuples affreux,
Qui vivaient de rapine et se mangeaient entre eux,
Et du fond des déserts flairant une autre proie,
Se ruaient, se hâtaient, dans leur féroce joie,
A qui pourrait donner au cadavre romain
Le premier coup de dent vengeur du genre humain.

Et mon esprit plongeait dans la nuit sépulcrale
Que ces fléaux de Dieu faisaient sur leur chemin.

Je voyais l'agonie et j'entendais le râle
Du vieux monde traqué, comme un cerf aux abois,
Par ces fauves chasseurs de peuples et de rois,
Qui dépeçant leur chair la donnaient en curée
A leur meute hurlante et de sang altérée.
Ivresses, cris de mort, affreux craquements d'os,
Que je croyais ouïr, et dont les bruits funèbres
Semblaient forcer la nuit d'épaissir ses ténèbres.

Et puis de cet immense et lugubre chaos,
Où la mort fermentait, où germait le carnage,
Je vis, — géant farouche et tout bardé de fer, —
Le front haut vers le ciel, et les pieds dans l'enfer,
Aux lueurs d'une croix, sortir le Moyen Age,
Puis s'incliner, naïf et doux comme un enfant,
Devant ce signe aimé qui le rend triomphant,
Et qui d'un jour céleste éclaire son visage.

J'allais me perdre encor dans mes excursions
A travers un passé qui pourrait bien renaître,
Quand Thébel, de cet œil tout-puissant qui pénètre
La pensée et le cœur : — Trêve à tes visions,
Me dit-elle, il nous reste un pays à connaître,
Un pays moins longtemps engourdi par le froid,
Et qui souvent s'éveille au souffle du génie.

Replions-nous vers l'ouest ; ensuite, allons tout droit
Du golfe de Finlande au golfe de Bothnie,
Et puis, laissant au nord la triste Laponie,

Entrons dans l'héroïque et noble région
Du fer, et qui de fer fit sa religion.

Nous y voilà. Salut, fière Scandinavie !
Sol sacré des Wikings, des Skaldes et de dieux
Qui, depuis neuf cents ans, sont tombés de leurs cieux
En entendant monter la parole de vie
Qui, par la voix d'Anschaire, était venue enfin
Rendre à la foi du Christ l'adorateur d'Odin.

Ce grand dieu des combats avec son noir cortége,
Devant ce doux soleil a rendu l'âme aux vents,
Et vu son Valhalla fondre comme la neige.
Mais les Sagas encore et l'Edda sont vivants ;
Le docte Danemark, la Suède, la Norwége
Et l'Islande leur sœur, ainsi qu'en un miroir,
Dans ces livres sacrés peuvent toujours se voir.

Veux-tu de ces pays réveiller la mémoire ?
Hôtes rudes des mers ou des monts sourcilleux,
Divinisant la force, épris du merveilleux,
Leurs peuples sont entrés un peu tard dans l'histoire ;
Mais, en revanche aussi, c'est à pas de géant
Qu'ils allaient à la gloire au sortir du néant.

Leurs rois ont fait trembler parfois la Moscovie.
Celui qui s'appelait le conquérant du Nord,
Gustave-Adolphe a pu peut-être, par sa mort,
Garder le nom de grand qu'ensanglanta sa vie.

Mais dans tous ces combats de rois, au cœur d'airain,
La Suède a plus perdu que gagné de terrain.
Et puis, intolérants, ainsi que des sectaires,
Ses peuples réformés ne se réforment guère.
Que d'éclairs cependant, que de reflets des cieux,
Le glaive et la pensée ont jetés à leurs yeux !

La science, l'histoire avec la poésie,
Cette amante du Nord qui soumet à sa loi
Le jeune fils d'Oscar, et verse au Skalde roi
L'hydromel des Wikings, doux comme l'ambroisie,
Ont des représentants que ce sol tourmenté
Peut aux autres pays montrer avec fierté.

La Russie en a peu qui viennent à leur taille :
Et s'il fallait lutter dans ces nobles champs clos,
Où, comme ailleurs le fer, l'idée a ses héros,
La Suède gagnerait aisément la bataille.

Elle a Berzélius, et Linnée, et Geyer,
Et Bergmann, et l'évêque Esaïas Tegner,
Ce Skalde au front serein qui célébrait naguère
Les sages et les dieux, la nature et la guerre,
Le chantre de Frithiof, un poëme inspiré
Par l'orgueil du pays et par lui consacré,
Et dont toi-même, un jour, épris de ce modèle,
As redit, dans un vers franc, quoique peu fidèle,

Celle de ses Sagas où l'honneur du Wiking,
Plus fort que son amour, triomphe du vieux Ring*.

Le doux Stagnélius t'inspira mieux sans doute :
Ses *Oiseaux de passage*, à leur départ touchant
Pour des climats plus beaux, dont Dieu leur dit la route,
En t'écoutant chanter croyaient ouïr leur chant.

Mais l'écho le plus vrai, de poëte à poëte,
C'est ce soupir d'amour, triste et tendre à la fois,
Cette ballade émue et vague, que ta voix
Fait gémir sur les flots comme un cri de mouette,
Et qui, je m'en souviens, attendrit son auteur**,
Un jour qu'à ton foyer tu lui redis ce pleur,
Ce pleur que, chaque nuit, l'onde amère répète,
Et que l'algue murmure au fond de sa douleur :
C'est le Trolle de mer et la rêveuse Agnète.

Reviens à ces emprunts ; j'aime à voir l'Occident
Lutter d'âme et de cœur avec le Nord ardent.
La France me paraît, par moments, bien latine ;
J'admire son génie, entre tous radieux,
Mais sur les mêmes fleurs et sous les mêmes cieux,
Trop longtemps, à plaisir, cette reine s'obstine.
Elle est trop lente, avec sa fureur des niveaux,
A plier les genoux devant ses dieux nouveaux.

* La Tentation.
** OElenschlager, le plus grand poëte du Danemark.

Oui, l'on dirait parfois, lorsque ses grands poëtes
S'en vont dans l'inconnu tenter quelques conquêtes,
Que ce noble pays du savoir et des arts
Craint d'applaudir trop tôt leurs glorieux hasards,
Et de les voir doubler les caps de leurs tempêtes.

O Franc, mais sache enfin que de pareils écarts,
Aujourd'hui réprouvés, demain seront des règles ;
Lion dans les combats, tu trembles pour mes aigles,
Comme si le soleil éteignait leurs regards !

Tel n'est pas le Germain, ni tel le Scandinave :
Dès qu'ils voient, tout à coup, impatient du sol,
Quelque génie ailé s'indigner de l'entrave,
Et vers des cieux nouveaux aventurer son vol,
Emportant, comme l'aigle, au séjour du tonnerre
Le serpent qui voulait l'attacher à la terre,
Ils le suivent des yeux, du cœur et de la voix ;
Ils aident sa révolte à briser la barrière,
A l'emporter de force, à se donner carrière
A travers les sentiers non battus, et les rois
Le couronnent de gloire et l'appellent leur frère.

Je t'en prends à témoin, toi qu'un royal séjour
A vu naître, et qui sus ranimer de ta vie
Et les Jarls et les dieux de la Scandinavie,
Fécond OElenschlager ! Tu passais, tour à tour,
De la joie aux soupirs, de la haine à l'amour ;

Tes dramés, tes récits, dont ta patrie est fière,
En te faisant aimer t'ont rendu populaire,
Et tout le Danemark, d'une commune voix,
T'a nommé son Corneille et même son Molière!

Le Nord aussi t'a vu porté sur le pavois,
Toi, dont un matelot, pauvre sculpteur en bois,
Fut le père et fort peu le guide et le modèle;
Toi, qui vins t'inspirer de la ville éternelle,
Et qui fus Thorwaldsen ! De Rome à ton berceau,
Comme un spectre, ta main a porté le ciseau.
Du culte pur des arts ta vie est un exemple ;
Au seuil de ta demeure on pressentait le temple,
Et nul ne s'étonnait d'en voir sortir ces dieux,
Ces héros et ces rois, ces muses et ces grâces,
Dont l'image fidèle et vraie en ses audaces,
Allait de sa beauté réjouir d'autres cieux.

Saluons en partant ces pays scandinaves
Où poussent des esprits, splendides, vifs et graves;
Ce qu'ils ont enfanté commande le respect,
Et le front se découvre et rêve à leur aspect.

Ah! quand le doux printemps vient fondre enfin la neige
Qui, sous son blanc linceul, semble faire un tombeau
D'une terre où l'esprit entretient son flambeau,
Quel charme, quelle joie à voir cette Norwége,
L'antique Nérigon, alpestre paradis,

8

Dérouler dans l'azur ses vieux monts reverdis,
Faire rire au soleil ses lacs et ses vallées,
Et murmurer au loin ses côtes que les flots
De caprices d'amour ont partout ciselées ;
Labyrinthes d'écueils, de golfes et d'îlots,
Où la barque se berce au chant des matelots !

Maintenant ces pays, tout voilés de ténèbres,
N'offrent guère à nos yeux que des beautés funèbres.
Plus loin, c'est pis encor ; c'est l'horreur sans beauté,
C'est le deuil, c'est la vie à toute extrémité.

Là, le blé meurt ; là, seuls, les lichens et les mousses
Couvrent un sol honteux de si pauvres moissons.
Là, le Lapon, du haut de ses quarante pouces,
Trafique gravement de hochets, de poissons ;
Se montre avare et faux, s'instruit, se civilise,
Et sensible à la voix de ses hommes d'Église,
Garde encor ses défauts en goûtant leurs leçons.

Laissons-le vivre en paix. Laissons aussi, laissons
A son triste climat le triste Samoyède,
Race laide de corps et d'âme non moins laide ;
L'Esquimau d'Amérique, et le Groënlandais,
Vers l'an mil, découvert par Éric l'Islandais ;
Maigres troupeaux d'humains qui, le long des mers, rament,
Chassent le phoque et l'ours, ou s'en vont giboyer,
Sur la neige polaire et loin de leur foyer,

Attelant leurs traîneaux de grands rennes qui brament,
Ou de chiens que jamais on n'entend aboyer.

Ces êtres, que l'hiver enfume dans des huttes,
Subissent des étés aussi courts qu'étouffants,
Boivent le sang et l'huile, ont des instincts de brutes,
Et, sans profit pour l'âme, endurcis par les luttes,
S'attardent dans la vie et meurent vieux enfants.

Tel est le triste sort de l'homme sous le pôle ;
Sous l'équateur brûlant, il joue un pareil rôle :
Ces deux extrêmes points de froid et de chaleur
Le font se ressembler de vice et de couleur ;
Également déchus par des effets contraires,
Le nègre et l'Esquimau paraissent être frères,
Et le sont en laideur.

                    Mais l'homme ainsi tombé
Perd-il tout souvenir de sa haute origine ?
Bas d'instinct et d'esprit, le front vide et courbé,
N'est-il rien qu'une ébauche ou bien qu'une ruine ?
Doit-il être effacé du livre des humains ?

Dieu qui lit dans les cœurs et les tient dans ses mains,
D'un œil plus indulgent voit peut-être ces races
Que nous affligeons trop de toutes les disgrâces
De la terre et du ciel, et leur assigne un rang
Que n'atteignent point ceux qui, fiers d'un plus beau sang,

L'appauvrissent au sein d'une riche nature,
Tournent contre eux l'amour dont elle les sature,
Et, l'esprit plus poli, mais plus barbare au fond,
Voient le bien, font le mal, sachant mieux qu'ils le font!

CHANT HUITIÈME.

—

L'ESPAGNE.

Or, pendant que Thébel me disait ces contrées
Plus lointaines au nord et plus hyperborées
Que ces vagues pays, ces royaumes du vent,
Que la Grèce a nommés de ce nom décevant,
Notre esquif tout à coup, comme un aérolithe,
Qui, pour frapper la terre, échappe à son orbite,
Et de sa chute ignée instruit peu le savant,
Se mit à fendre l'air d'un essor si rapide
Qu'il semblait un coursier emporté par l'effroi.
Immobile, muet, l'œil fixé sur mon guide,

Je n'osais de frayeur regarder devant moi ;
Je croyais que j'allais me perdre dans le vide,
Ou qu'un bolide, ardent à graviter autour
D'un corps plus grand que lui, m'entraînait à son tour.

Enfin, par des courants où nul jamais ne passe,
Niagara de l'air, Maëlstrom de l'espace,
Après avoir franchi des mers et des États,
D'un vol à distancer tous les aérostats
Qui se gonflent le plus d'ardeur et d'espérances,
Je sentis comme un flot tomber toutes mes transes.
Des frissons de plaisir, tels qu'en fait éprouver
Le vent glacé qui hurle, et que l'on peut braver
Près d'un feu petillant que le froid même attise,
Coururent dans mon corps prompt à se raviver.
La nuit était sereine, et tiède était la brise.
L'air embaumé rendait des sons mélodieux ;
Je m'y berçai longtemps aux lueurs des étoiles.
L'aube blanchit enfin, et l'esquif radieux,
Dans un ciel dont l'azur rassérénait mes yeux,
Sur des flots de soleil entrait à pleines voiles.

— Eh bien ! me dit Thébel, ta confiance en moi
A-t-elle été trompée, homme de peu foi ?
Mais puisque avec tes sens tu retrouves ta tête,
Voyons, où penses-tu que nous sommes, poëte ?
Le poëte qui marche en présence des dieux
Doit connaître la terre aussi bien que les cieux.

— Si j'en crois ce détroit resserré par des roches,
Dont l'une, formidable, a dans ses flancs ouverts
Mille bouches à feu pour parler à deux mers,
Et qui, vierge longtemps sans peur et sans reproches,
N'a pas su de l'Anglais repousser les approches,
Nous venons de franchir ces rochers hasardeux
Que la terre en travail coupa jadis en deux,
Et dont la fable a fait un des travaux d'Hercule ;
Nous venons d'aborder sous ce climat ardent
Où, poursuivant son but qui sans cesse recule,
Promontoire d'Asie épris de l'Occident,
L'Europe a soif des mers et se fait péninsule.

Oui, nous sommes, Thébel, sous le ciel fécondant
Où, comme les jasmins, fleurissent les Espagnes;
Où la cape et l'épée ont fait tant de campagnes !
Nous sommes sous le ciel romanesque où, jadis,
Les don Juan d'Aragon et ceux des Deux-Castilles,
De doux propos, le soir, agaçaient les mantilles,
Et de plaisirs d'enfer narguaient le paradis,
Ou l'invoquaient parfois, pour mieux toucher les vierges,
Dans des chapelles d'or qu'ils embrasaient de cierges.

Nous sommes au pays des chevaux andalous,
Des hardis matadors, des yeux noirs, des grenades,
Des balcons indiscrets, des grillages jaloux
Qui s'entr'ouvrent, le soir, au vent des sérénades.

Oui c'est là cette terre où, dans la nuit des temps
Je vois poindre et grandir ses premiers habitants,
Les Ibères, qui fiers d'une telle patrie,
Et chassés de la Gaule après avoir quitté
Leur berceau, le Caucase, où fleurit la beauté,
De leur antique nom l'ont nommée Ibérie.

Voilà l'Èbre ! voilà le bleu Guadalquivir
Que fendait le coursier de Muça-el-Kébir !
Les Sierras Nevadas où, libre comme l'aigle,
Le hardi montagnard prend son instinct pour règle !

Là commença Gadès, que les Phéniciens
Enrichissaient de fruits qui n'étaient pas les siens.
Ici vinrent, plus tard, nouvelles colonies,
Des peuplades de Grecs et de Carthaginois
Qu'à leur tour les Romains ont soumis à leurs lois.

Que de destins changeants, que de divers génies
Le ciel a fait passer ou germer sur ce sol
Avant qu'il pût, un jour, s'appeler espagnol !

Le Vandale, l'Alain, le Visigoth, l'Arabe,
Ont écrit bien des noms, en ont bien effacé
Sur cette vieille terre où le Maure a laissé,
Avec son Alhambra, sa dernière syllabe.

Ce pays qui semblait d'un lien conjugal
A son sort, un moment, unir le Portugal,
Où de Porto-Callé, qui naissait à l'histoire,
L'empire de la mer fit un empire égal
Aux plus grands de la terre, et balança leur gloire ;
Ce pays maintenant s'appartient tout entier.
Ferdinand d'Aragon et la reine Isabelle,
Digne d'un tel époux comme il fut digne d'elle,
Ont su, le fer en main, élargir le sentier
Où s'allaient joindre en un les royaumes d'Espagne ;
Tandis que sur les mers se mettant en campagne,
Et loin dans l'inconnu cherchant d'autres États,
Colomb donnait un monde à ces deux potentats :
Sur une caravelle il forçait l'Atlantique
A lui livrer les clefs qui gardaient l'Amérique !
Ce moment-là fut grand, et jamais le soleil
Ne réjouit ses yeux d'un spectacle pareil.

Heureux si ce pays, fier de la découverte
D'un monde qui changeait le cours du monde ancien,
N'eût trouvé des trésors qui tournaient à sa perte !

Oui, l'or sans le travail, l'or qui ne coûte rien,
Coûte plus de vertus qu'il n'en apporte. Eh bien !
Puisque tu l'as compris à tes dépens, alerte !
Alerte, vieille Espagne, et vous tous, hidalgos !
Le temps marche, marchez ; assez d'une noblesse
Que l'ardeur du soleil fait tomber en faiblesse ;
A l'œuvre ! et puis après dansez vos fandangos !

O l'Espagne ! elle fut si puissante et si riche,
Et son dévot courroux, et ses signes de croix,
Coup sur coup répétés, jetaient de tels effrois,
Au temps de Charles-Quint et de don Juan d'Autriche,
Que lorsqu'elle tirait son glaive à deux tranchants,
L'Europe s'alarmait et faisait battre aux champs !

L'orgueil la fit déchoir de sa grandeur funeste ;
Mais, pour la relever, un autre orgueil lui reste,
Et celui-là jamais ne sera confondu :
Elle s'aide elle-même afin que le ciel l'aide,
Retrouve plus de droits qu'elle n'en a perdu,
Et cherche à dérouiller sa lame de Tolède.
Ses essais ne sont pas toujours victorieux ;
Le plus humble laurier la rend parfois bien vaine ;
N'importe, elle n'a point désappris ses aïeux,
Un peu de sang du Cid coule encor dans sa veine.

Le Cid ! quels souvenirs ! aucun nom sous les cieux
Ne fit briller le tien plus au loin ; mais l'histoire,
O fanatique Espagne ! a beau, de son burin,
Graver en lettres d'or ta grandeur sur l'airain,
Il est des attentats que n'absout point la gloire.

De ton Escurial, palais morne, qui prend
La forme du supplice où brûla saint Laurent,
Et de Philippe deux, roi monument plus sombre,
Sur tes sérénités il se projette une ombre

Qu'ont peine à dissiper tes sages, tes héros,
Et les campéadors de tes romancéros.

Reprendras-tu ton rang? La furie espagnole,
Après avoir mené l'ardente carmagnole,
Que veulent, tour à tour, danser les nations
Au bruit désordonné des révolutions;
Ce mal qui se guérit, quand la bête de somme
Casse aux abus la tête avec les droits de l'homme;
Ce mal qui de la boue et du sang fermentés
Tire des biens féconds, chèrement achetés,
Permettra-t-il enfin à ta longue souffrance
D'entrer en pleine vie et d'imiter la France?
La France! ce soleil qui s'est levé trois fois
Pour éclairer le monde en lui traçant ses lois!
Ton glorieux passé m'en donne l'espérance.

Forte, tu vis de peu; tes sobres bataillons
N'ont pas toujours besoin, dans leurs lointaines courses,
D'hécatombes de bœufs pour se battre en lions;
Quand la liqueur tarit, ils boivent l'eau des sources,
Et n'en portent pas moins le cœur haut, et l'affront
Qu'on oserait jeter à tes fiers capitaines,
Quand leur pourpoint troué prend des mines hautaines,
Ne reste pas longtemps invengé sur leur front.

Tes enfants ont l'orgueil, l'amour de la patrie;
Catholiques jadis jusqu'à l'idolâtrie,

Ils parlent une langue aux sons mélodieux,
Qui semble découler de la lèvre des dieux ;
Une langue opulente où, comme l'écarlate,
Le mot reluit, splendide, et la pensée éclate ;
Et qui, sévère et souple et tendre tour à tour,
Se prête à tous les jeux de l'art et de l'amour ;
Avec les muletiers chante, raille, circule,
Des vifs tambours de basque agite les grelots,
Franchit les mers, redit ton ciel à tous les flots,
Et porte à l'équateur tes colonnes d'Hercule.

De Michel Cervantès la terre sait le nom ;
La touchante folie, en sagesse féconde,
Du héros de la Manche a fait le tour du monde.
Tu peux presque à Shakspeare opposer Caldéron,
Et Lope de Véga parfois au grand Corneille.
Mais leur œuvre n'est point ton unique merveille :
Les gestes de tes fils, ardents à t'illustrer,
Ont des Mariana pour les enregistrer,
Tandis que, tour à tour, fouillant dans ton histoire,
S'inspirant de ton sol, de tes saints, de tes dieux,
Murillo, Vélasquez, d'un pinceau radieux
Dans le ciel des beaux-arts ont constellé leur gloire. —

Thébel m'interrompant : — Tu viens de prononcer
Deux noms que les plus grands peuvent seuls balancer !
Ils méritent qu'on voue un culte à leur mémoire.
Oui, tous ces noms divins, et tant d'autres encor,
Font à la vieille Espagne une auréole d'or ;

Mais ses auto-da-fé, ce sang que rien n'efface,
De leur fumée horrible ont bien noirci sa face !
Et pourtant, et pourtant, du fond de cette horreur,
Que de cris, que de voix, pour cette ardente race,
Au nom de ses vertus, semblent demander grâce !
Qui sait si, comme nous, Dieu juge au ciel l'erreur
D'une foi qui voulait son règne avec fureur !

Et puis, je l'avoûrai, ma colère assombrie
S'indigne moins parfois, et je suis attendrie
Lorsque je vois un peuple, entre tous noble et fier,
— Qui comme l'Yankee ne date pas d'hier, —
Tendre une main amie aux races qu'on opprime,
D'une peau qui noircit ne plus leur faire un crime,
Et dans le sang mêlé ne point trouver d'affronts
Quand l'eau qui régénère a relevé les fronts.

Ah ! que d'humains, touchés des maux de l'esclavage,
Y versent à plaisir des flots d'encre et de pleurs,
Et les peignant encor de plus noires couleurs.
Sans y porter secours, vivent de leurs ravages !
L'Espagne en parle moins et les adoucit mieux ;
Ses fils lavent le sang que sur chaque rivage
La soif de l'or faisait verser par leurs aïeux.

Et maintenant ce peuple ardent, toujours en quête
D'un bien qui, pour durer, veut être la conquête
Et le prix des vertus, cueillera-t-il enfin

Ce doux fruit qui le tente et qui trompe sa faim?
Se retrempera-t-il, lorsque sa foi s'altère,
Dans l'esprit que partout, sans mesure et sans fin,
Il puise, à s'enivrer, aux sources de Voltaire,
Aux sources d'un génie agressif et moqueur,
Qui charme, égare, instruit, salit l'âme et le cœur!

CHANT NEUVIÈME.

—

LA FRANCE.

C'est ainsi que j'allais à travers ces Espagnes,
Aux neigeuses sierras, aux fertiles campagnes,
Et dont le peuple, fier de ses antiques droits,
Est bien lent à marcher d'accord avec ses rois ;
Car il lui reste au flanc, soit qu'il loue ou qu'il fronde,
Quelque chose toujours d'inapaisé qui gronde. —
Tout à coup notre char s'emporte dans les airs,
Et de sa roue en feu fait jaillir des éclairs,
Comme un coursier qui sent les rives maternelles,
Et de ses quatre pieds lance des étincelles.

— Au vol que notre char emprunte aux aquilons,
Tu devines, poëte, en quels lieux nous allons ;

Nous allons aborder la France, ta patrie,
Et la patrie aussi de ceux qui n'en ont pas !
La France, aimant du monde et mon idolâtrie ;
Qui, d'esprit et de cœur toujours verte et fleurie,
Lève si haut son front, porte si loin ses pas,
Et qu'on trouve toujours d'autant plus grande et belle
Que l'on a plus longtemps traîné ses jours loin d'elle !

Oh ! qui ne t'aimerait, reine des nations,
Cœur pensant où la terre a ses pulsations ;
Où tout grandit, s'épure au feu vif des idées,
Par l'amour, la science et les arts fécondées,
Ce triple don du ciel, sans qui le genre humain
Se perdrait dans la vie, ou mourrait en chemin.

J'ai hâte de revoir cette terre héroïque
Qui, pour ne pas mentir, fait son histoire épique ;
Où le peuple est si grand qu'il veut des Panthéons
Bâtis par Charlemagne et les Napoléons ;
Qu'il veut que tout soit haut comme ses destinées !
Nous touchons à son ciel ; salut, ô Pyrénées !

Voilà le mont géant, que Roland pourfendit
D'un coup de Durandal, que le monde entendit,
Et que du Marboré l'écho toujours répète ;
Car les coups qu'aux héros fait frapper le poëte,
Sont éternels ; la faux du temps se briserait
Contre le fer des preux qui le tient en arrêt.

C'est par là qu'a passé, pour conquérir l'Espagne,
Avec ses douze pairs, l'empereur Charlemagne !
C'est là que le premier de ces douze rivaux,
Trahi par Ganelon, ce maître en félonie,
Succomba sous le nombre, et dans son agonie
Sonna de l'olifan au col de Roncevaux.
Il en sonna si fort qu'à travers la montagne
L'écho de sa détresse atteignit Charlemagne,
Et que ce sombre appel, au souffle tout-puissant,
Fit éclater sa tempe, et mit sa bouche en sang !

Il mourut ; mais ces monts au-dessus de leur cime
Feront vivre à jamais cette mort magnanime.
Boïardo, l'Arioste, en égayant leur voix,
Peindront, l'un sa fureur, l'autre ses doux exploits ;
L'archevêque Turpin dira ses aventures,
Et digne d'être ouï par les races futures,
Le luth, dont un trouvère a fait vibrer le son,
Des gestes de Roland chantera la chanson ;
Et la France, aussi bien que la Grèce sa mère,
Aura la tête épique, et de cet heureux don
Je la glorifirai, qu'elle le veuille ou non.

Oui, Roland dans Théroulde a trouvé son Homère
Au chantre neustrien, guerrier noble et sans fard,
L'épopée a livré les secrets de son art,
En dépit d'une langue encore informe et rude,
Effarouchant, parfois, notre oreille trop prude.

9

Gloire donc au héros qui, sans dol et sans peur,
Fut fidèle à son Dieu comme à son empereur,
Et de la loi des preux observateur sévère,
Intrépide entre tous, plus grand que ses revers,
Était l'appui du faible et l'effroi des pervers !
Le Franc se voit en lui, l'admire et le révère.
Gloire donc à Roland et gloire à son trouvère !

Et toi, qui dans ces jours de détresse et de deuil
Où la France en lambeaux descendait au cercueil,
Tressaillais dans tes nuits aux cris de sa souffrance,
Et qui vins lui porter le rameau d'espérance
En plantant son drapeau sur ses derniers remparts
Qu'assiégeait l'Angleterre avec ses léopards ;
Vierge de Domremy, paysanne inspirée,
Sois bénie à jamais et partout célébrée.
L'œil au ciel, tu faisais flamboyer dans tes mains
Le glaive de l'archange et ses coups surhumains,
Et de la dent des loups, intrépide bergère,
Tu délivras la France, et fis sacrer ton roi !
Mais les partis vaincus et la haine étrangère
Voulurent te punir de leur commun effroi.
Prodige, on t'accusa d'infâme sortilége,
Et, martyr de ta foi, tu mourus sacrilége !

Nouvel agneau de Dieu, ton immolation
Fut le prix de ta gloire et de ta mission :
Tu venais, relevant les cœurs et les courages,

Laver les fronts impurs et venger les outrages ;
Et d'opprobre couverte, on t'abreuva de fiel,
Et l'on te brûla vive à la face du ciel !...

Mais ton nom enflammé s'y gravait sous tes larmes
En caractères d'or que rien n'effacera,
Pour prouver que Dieu veille, et toujours veillera
Sur un peuple qu'il fait grandir dans les alarmes,
Et porter sa parole aussi haut que ses armes.

Jeanne d'Arc et Roland, héros purs entre tous,
En qui l'honneur brilla de sa plus vive flamme,
Que vos noms soient unis comme la France en vous
Avait uni son cœur et fait passer son âme !

— Mais si la douce France avec ses paladins,
Avec ses fleurs d'amour et de chevalerie,
Nous retient si longtemps au bord de ses jardins
Plus riants et plus frais que ceux de l'Hespérie,
Que sera-ce, Thébel, dis-je en l'interrompant,
Quand nous serons entrés dans ce lieu de délices,
Où la vie ardemment se boit à pleins calices,
Mais où du vieil Éden se glisse le serpent ?

— Nous n'en finirions pas, tant la merveille abonde,
Me répondit Thébel, dans ce foyer du monde !
Il faut, à vol d'oiseau, traverser sa splendeur,
De peur d'être éblouis de sa trop vive ardeur.

Vois, du haut de ces monts, aux flancs verts, aux rocs fauves,
Aux grands fronts s'attristant d'être nés vieux et chauves,
Et qui perçant la nue, aspirant l'air vermeil,
Se couronnent d'azur, de neige et de soleil ;
Vois, là-bas, à leurs pieds et le long de la chaîne
Qu'ils font entre deux mers, vois cette immense plaine,
Que baignent en riant la Garonne et l'Adour,
Et qui murmure encor l'écho du troubadour.

Vois ce gave hardi, dont la source en cascade
Tombe, et chante de joie en recevant le jour,
Et qui, de roc en roc, de chute en escalade,
Vif comme l'enfant basque, alerte, vagabond,
Tantôt perdu, tantôt reparaissant d'un bond,
Va charmer le Béarn de sa vague sonore,
Sourire au Jurançon, et, sous les murs de Pau,
De ses plus doux refrains égayer le berceau
Du meilleur des grands rois dont la France s'honore.

Plus loin est ce jardin, où quand Paris encore,
Dans Lutèce au maillot, dormait entre deux lits
D'un fleuve qui rêvait de nid d'aigle et de lis,
Florissait au soleil cette antique Toulouse,
Sœur d'Athène, et dont Rome était souvent jalouse.
Elle fut quatre fois capitale d'États
Qu'entre eux se disputaient de puissants potentats,
Comme les chevaliers croisaient le fer pour celle
Que les tournois d'amour proclamaient la plus belle.

Mais que ces dons heureux ont valu de malheurs,
De combats et d'assauts à cette auguste reine!
Que sur ses biens perdus elle a versé de pleurs!

Et pourtant, malgré tout, cette cité sereine,
Par ses nobles ardeurs, par l'austère pouvoir
Des lois qu'elle enseignait, et qu'elle enseigne encore,
Et par les doctes fleurs, ces prix du gai-savoir,
Qui, depuis huit cents ans, sous les regards d'Isaure,
Ont gardé leur parfum et leur fraîche beauté,
Conquit le premier rang parmi la chrétienté,
Et n'est mise au second, quoi qu'on dise ou qu'on fasse,
Que par cette cité devant qui tout s'efface;
Cette cité soleil, que l'on nomme Paris,
Ce grand rayonnement des cœurs et des esprits.

Eh bien! allons, poëte, y retremper les nôtres!
C'est là que l'avenir bouillonne à gros bouillons!
C'est là que tout est grand, jusqu'aux rébellions;
Que l'amour des humains enfante des apôtres,
Qui, prêtres ou soldats, s'en vont par l'univers
Crier à tous les vents, dire à tout ce qui souffre
Et gémit et se meurt dans le fond de son gouffre,
Qu'il est un peuple aimant que succès ni revers
Ne détournent jamais du but qu'il veut atteindre;
Un peuple, au cœur ouvert, franc, inhabile à feindre,
Mais habile à poursuivre avec acharnement
Le mal qui se redresse ou rampe sourdement.

Le sang et l'or qu'à flots et partout il prodigue,
Au lieu de l'épuiser ravivent son essor ;
L'obstacle a beau grandir, il grandit plus encor ;
Il joue avec le feu ; le danger, il le brigue ;
Pour aller à la mort il va jusqu'à l'intrigue !
Et d'esprit et de cœur, sans cesse débordant,
Fait ainsi, sans compter, un calcul transcendant,
Un calcul qui, plus tard, bien mieux qu'à l'Angleterre,
Doit lui valoir l'empire et l'amour de la terre !

Il est un comme Dieu, dont il est le soldat ;
Du glaive et de l'idée il s'inspire, et se bat.
Il blesse pour guérir, il parle pour instruire,
Pour répandre partout, ainsi que le soleil,
Cette flamme du bien et du beau qu'il fait luire.
Il dissipe la nuit, il sonne le réveil ;
De tous les vents du ciel sa voix est entendue ;
Elle vole avec eux, traverse l'étendue,
Et les peuples surpris d'en comprendre l'accent :
« Quelle est donc cette voix, au souffle tout-puissant ? »
Disent-ils ; « d'où lui vient cette flamme solaire,
Qui réchauffe l'esprit et le cœur qu'elle éclaire ? »

Elle lui vient de vous, du cri de vos douleurs ;
C'est vous qui lui donnez la pitié des malheurs ;
Elle s'est retrempée aux sources de vos larmes,
Et, pour les étancher, elle s'en fait des armes.
Et puis, sachez-le bien, ô peuples interdits,

Ou mal émancipés, les Francs, ce peuple verbe,
Qui sait se faire ouïr de l'humble et du superbe,
C'est de vous, de vos flancs qu'ils sont sortis jadis.
Votre substance encore avec la leur fermente,
Et cette fusion, que l'amour alimente,
A formé ce grand bloc, ce peuple souverain,
Et l'a rendu sensible en le faisant d'airain * !

Aussi, toutes les fois que son âme indignée
Lance à travers le monde une menace ignée,
Ce cri fulgurant d'aigle interdit les vautours ;
Ils ont peur de leur proie ! et, du haut de leurs tours,
Ils suivent en tremblant la parole de poudre
Qui, jusqu'au fond des cieux, va réveiller la foudre.
Et si la foudre alors atteint de ses carreaux
Les peuples qu'elle sauve en brisant leurs barreaux,
Elle frappe surtout le tyran dans son aire,
Et s'absout, comme Dieu, de ses coups de tonnerre,
Qui seront des humains la terrible leçon,
Tant que le gantelet des maîtres de la terre
Bâillonnera de fer le droit et la raison.

Mais, diront des esprits, qui se proclament sages,
A quoi bon s'en aller ainsi, par l'univers,

---

* Les Français, que l'auteur appelle Francs, sont en effet un composé d'Aquitains, de Celtes, de Gaulois, de Grecs, de Romains, de Francs, de Bourguignons, de Goths, de Huns, de Vandales, de Sarrasins, de Normands, d'Anglais même : hordes de toute race, idolâtres de Teutatès, de Jupiter, d'Odin, d'Irminsul et de Melkart : païens, juifs, mahométans, chrétiens, protestants, déistes.

Redresser, sans profit, les torts et les travers;
Éteindre ici le feu, là souffler les orages,
Et vouloir, à grands coups d'épée et de canon,
Convertir à nos lois la Chine et le Japon?
Que nous font et les maux et les erreurs des autres?
Est-ce un si beau métier que le métier d'apôtres?
Pourquoi ne point laisser chacun libre chez soi
De changer, à son gré, de misère ou de roi?
Veut-on, lorsque partout la raison se récrie,
Renouveler les temps de la chevalerie?
C'est insensé.

     — C'est beau! c'est grandement humain
De courir sus au mal, de barrer son chemin!

Non, il ne faut jamais laisser passer le crime;
S'il arrive à ses fins, il se dit légitime!
Tout se tient ici-bas, et malheur à celui
Qui demeure étranger aux misères d'autrui!
Ah! vous ne savez pas ce que c'est que la France,
Politiques profonds, qui n'éprouvez de transe,
Et n'avez de pitié que lorsque, las enfin,
Le mal causé par vous s'est armé de sa faim,
Et vient, à coups pressés, frapper à votre porte,
Que vous ouvrez alors de peur qu'il ne l'emporte.

Eh bien! le peuple Franc, sans vous et malgré vous,
Poursuivra sa fortune et remplira son rôle.
Il va l'épée au poing, aux lèvres la parole,

Et guerroyant les maux, plus cruels que ses coups,
Ifait bénir le bras qui frappe et qui délivre !

Voilà son œuvre à lui ; voilà quel est le livre
Que, depuis Charlemagne, il écrit de sa main,
Et qu'il tient, grand ouvert, aux yeux du genre humain,
Pour lui montrer comment cette longue épopée
Par la gloire et l'amour s'absout des coups d'épée !
Plus ses bienfaits vont loin, plus ils lui semblent doux :
Il frappe son esprit à l'usage de tous.....

Oui, la France a le monde, et le monde a la France.
Paris se transfigure et devient un Éden
Où la terre et le ciel célèbrent leur hymen ;
Où l'arbre de la vie et de la délivrance,
Au milieu des splendeurs de la grande cité,
Fait pousser tant de fruits de gloire et de beauté ;
Où l'art a tant d'attraits, l'amour tant de caresses,
Que loin de ce séjour, qui n'a jamais de nuits,
Tout semble triste et froid, et vide, et plein d'ennuis,
Lorsqu'on a bu le vin de toutes ses ivresses.

Quant à dire les noms des illustres enfants
Que cette auguste mère a tirés de ses flancs,
—Sans parler des héros et des esprits insignes,
A l'œil d'aigle, aux accents mélodieux des cygnes,

Qui, comme Bossuet, Fénelon et Condé,
Ont pris un vol si haut que Dieu l'a regardé ! —
Autant compter les pins et les cèdres superbes
Que le Liban élève à la gloire du ciel,
Demander aux sillons tout ce qu'ils ont de gerbes,
Aux gais printemps de fleurs, aux abeilles de miel.

Et tel est le pouvoir de ses arrêts suprêmes,
Qu'aucune œuvre, aucun nom, jamais, en aucun lieu,
Ne vont loin, ne sont sûrs de leurs triomphes mêmes,
Que lorsqu'ils ont reçu son baptême de feu,
Et que sa voix a dit à l'aigle comme au cygne :
« Allez, de mes faveurs votre génie est digne;
« Vous pouvez maintenant fendre la nue et l'air;
« A vous le ciel, la terre, et la foudre et l'éclair;
« Vous portez mes couleurs; vous vaincrez par ce signe. »

Et les peuples partout, sous son noble étendard,
Rivalisent d'idée et de science et d'art,
Se livrent des combats où même les défaites
Profitent du triomphe et prennent part aux fêtes!
Rien n'arrête l'élan des esprits en travail :
L'obstacle a beau dresser, comme une hydre, ses têtes,
On les coupe, et l'on rit de leur épouvantail.
On emprisonne l'air, la lumière, la flamme,
On dompte la matière en lui donnant une âme,
L'instrument devient homme, et, docile ouvrier,
Il remplit son devoir sans jamais dévier.

Chaque jour qui se lève éclaire une victoire,
Un mystère surpris, un secret qui se rend ;
La science devient la vraie et seule histoire ;
Et ce qu'elle raconte est quelquefois si grand,
Que l'on veut le toucher ou le voir pour y croire.

On sait les vents, leur cause ; on dit l'heure et le lieu
Qui verront éclater les tempêtes de Dieu.
On va par l'incendie ; on respire dans l'onde ;
On décrit les courants de ces fleuves amers,
Qui, sans nom et sans bruit, s'ouvrant le sein des mers,
Ainsi que des vertus qui se cachent au monde,
De bienfaits ignorés sont la source féconde.

Puis, fier d'avoir vaincu, laissant aux éléments
Le temps de revenir de leurs étonnements,
L'homme dit au soleil : Reproduis mon visage,
Je le veux, et soudain l'astre le reproduit !
C'est bien ; mais à présent, il faut, pour mon usage,
Qu'un fluide invisible, et par un fil conduit,
Plus vite que l'éclair transmette mon message ;
Et l'ordre électrisé touche au but en partant,
Et vient lui rapporter la réponse à l'instant !

L'indomptable vapeur, sur le rail qui la règle,
Traînant peuple et fardeaux, de sa force surpris,
Les emporte d'un vol à faire envie à l'aigle,
Lorsque ce roi des airs, en poussant de grands cris,
Part comme un trait de foudre, et que d'un bec rapace,

Pour dévorer sa proie, il dévore l'espace.
Encore quelques jours, et l'homme pantelant
Trouvera que ce vol aquilin est trop lent.

Plus de distance, tout se rapproche, se lie ;
L'espace disparaît, le temps se multiplie !
Oui, l'espace et le temps, ces deux Adamastors,
Qui, du haut de leurs caps, inflexibles et mornes,
Effrayaient le génie et lui fixaient des bornes,
N'osent plus maintenant arrêter ses transports.
Serrés de près, vaincus, ils lèvent leurs obstacles,
Ils applaudissent même à ces hardis spectacles
Où la vie accomplit tant d'actes dans son cours,
Qu'elle semble embrasser un siècle en quelques jours !

Et jusqu'où ne vont point ces ardeurs de conquêtes,
Ces fouilles, ces calculs, ces sublimes enquêtes,
Ces assauts de l'esprit qui triomphent toujours !
L'étoile tremble au ciel de perdre son mystère :
De ce tout petit point qu'on appelle la Terre,
L'homme la suit, l'explore, et lui prouve comment
Elle naît, roule, brille et meurt au firmament.
La nébuleuse en vain dans l'infini se cache,
Il y plonge, et dénonce un soleil dans la tache !
Armé du télescope, il fait un si grand pas
Qu'il va surprendre aussi celles qu'on ne voit pas ;
Il en compte le nombre*, il en dit la substance ;

---

* On sait que dans une seule partie de la voie lactée, Herschell est parvenu à résoudre des nébuleuses au nombre de plusieurs millions.

Il force la lumière à fixer leur distance,
Et l'incommensurable à subir son compas.

Il veut, à son profit, pénétrer toute chose ;
Maître des éléments, il sait à quel degré,
Par quelles lois, il peut les mêler à son gré :
Ce que Dieu composa, l'homme le décompose,
Et par cette féconde et sainte infraction,
Il ajoute son œuvre à la création !

Les plus puissants agents du ciel et de la terre
Deviennent ses sujets, il s'en sert dans la guerre,
Dans la paix, dans les arts, et jusque dans ses jeux.
Il n'est rien qu'il ne puisse ou qu'il n'ose avec eux.
O merveille ! voilà que l'Asie et l'Afrique,
Afin de mieux s'unir, vont se couper en deux.

Le même sort attend l'une et l'autre Amérique.
L'isthme devient détroit, et le détroit jaloux
De voir que, comme lui, la mer au sein des ondes
S'efforce d'abriter ce câble, dont les bouts
Vont en s'électrisant unir entre eux deux mondes,
Rêvant d'autres bienfaits qu'il voudrait dispenser,
Se demande pourquoi ses rives restent veuves
De ces ponts suspendus qui font l'orgueil des fleuves,
Et sur lesquels le ciel regarderait passer
Les peuples que ses flots sont las de repousser.

Et c'est ainsi que l'homme, en transformant la terre,
En tirant de ses flancs les trésors qu'elle enserre,
Dans son omnipotence, accomplit de sa main
La promesse que Dieu fit au premier humain ;
Promesse magnifique et digne du Grand-Être
Qui veut que tous les biens, dont l'homme se rend maître,
Le rendent, à leur tour, libre et maître de lui.
Heureux, lorsque sa main cueillant les fruits qu'il sème,
Au terme de ses jours où le vrai jour a lui,
Il peut de ses vertus se faire un diadème !

. . . .

Et maintenant, ami, si la France est le lieu
Où tout vient rayonner comme dans son milieu,
Las de courir toujours, faut-il dresser nos tentes
Sur ce nouveau Thabor de gloires éclatantes,
Où, dans l'ascension de son génie en feu,
L'homme transfiguré semble devenir dieu ?
Veux-tu, loin de ce ciel, poursuivant notre coures,
De l'Orient vermeil reprendre le chemin,
Et sur les pas du jour remonter à la source,
Au berceau de la vie et du génie humain ?
Veux-tu fouiller encor d'autres coins de l'Europe ?
Certe il en est plus d'un que la brume enveloppe,
Et qui s'épanouit sous les frimas du nord
Mieux que tant de pays que le soleil endort.
Comme il en est aussi dont la beauté sauvage,
Le sol âpre et fécond font l'homme à leur image.

L'Helvétie offre au monde un spectacle pareil,
Et ses libres cantons ont droit à notre hommage.
Allons voir ses grands lacs et ses monts soucieux
Et fiers, tout à la fois, d'être si près des cieux,
Et dont les flancs couverts de neiges éternelles
Épanchent, au milieu de cités fraternelles,
Ces deux sources de vie et de fécondité,
L'eau des fleuves avec l'air de la liberté !

C'est là qu'on peut rêver de paradis terrestres,
Et, loin des bruits du monde, aspirer à longs traits
Les aromes puissants qu'exhalent les forêts
Et les vallons émus des merveilles alpestres.
Ses peuples sont vaillants, probes, industrieux,
Et son histoire abonde en gestes glorieux.

Telle aussi fut Venise, et Gêne, et la Hollande,
La Hollande ! où le sol et le ciel sont si bas
Que la nue et la mer semblent, dans leurs combats,
Se disputer l'honneur de noyer cette lande.

Mais sous cette menace et sous ce triste aspect,
Ce pays qui s'est fait lui-même, cette terre,
Conquise sur la mer, a conquis son respect,
Et trempé ses enfants d'un mâle caractère !
C'est par eux, à leur voix, qui pouvait dire aux flots :
Vous n'irez pas plus loin, qu'un sol libre est éclos,
Où la guerre et la paix, les arts et l'industrie

Ont tiré de ses flancs une noble patrie,
Et de la rive amère où vivaient les castors
Un peuple ardent et froid d'Ajax et de Nestors.

Es-tu tenté de voir comment ce peuple étrange,
Pour le laisser passer, veut que la mer se range,
Et lui prête son dos pour porter ses produits
A ces pays lointains dont il cueille les fruits?

— Certe, à mes yeux, Thébel, c'est un noble spectacle
Que l'homme qui triomphe et se sert de l'obstacle.
Mais tous ces biens conquis le rendent-ils meilleur?
Le savoir apprend-il à mieux régler la vie?
La fortune qui monte au gré de notre envie,
Fait-elle aussi monter notre âme et notre cœur?
— Si la vertu toujours ne suit pas la fortune,
Tous ces trésors divers, que le génie humain
Dans sa marche ascendante amasse en son chemin,
N'en fécondent pas moins la richesse commune,
Immense réservoir, dont les mille canaux,
En circulant partout, versent sur leur passage
L'or et l'air assainis au travail qui rend sage,
L'onde et l'engrais aux champs, et la flamme aux fourneaux!

CHANT DIXIÈME.

L'ORIENT.

— Cher guide, quelque attrait que le génie inspire
Quand sur les éléments il fonde son empire,
Quelque orgueil que l'esprit se plaise à savourer
Dans l'œuvre qu'il contemple afin de s'admirer,
Un désir plus ardent vers d'autres cieux m'entraîne.
L'Europe est un théâtre où, pour être loué,
Le rôle de la vie est grandement joué ;
Nous avons vu la France y faire acte de reine ;
Ouvrons-nous maintenant une nouvelle arène.

Oh ! que je voudrais voir ces pays inconnus
Où tout vient sans travail, et grandit sans culture :

10

Où les hommes, restés à l'état de nature,
Sentent peu le malheur d'être ignorants et nus!

Que je voudrais surtout dévoiler le mystère
De ces lieux que la mer a ravis à la terre,
Où d'émeraude et d'or l'Atlantide jadis
Parsemait ses jardins comme des paradis!

Ces beaux lieux, qu'étaient-ils? une chimère, un rêve
Caressé par Platon et dans sa tête éclos?
Ou bien un vrai pays plein de vie et de séve,
Qui, par ses archipels, ses îles, ses îlots,
Ses volcans enflammés, et ses monts dont la cime
Se redresse d'horreur à l'aspect de l'abîme,
Semble attester encore, aux yeux des matelots,
Qu'un vaste continent a sombré dans les flots?

Puis nous traverserions ces champs toujours arides
Que le simoun laboure et sillonne de rides,
Solitudes sans voix, veuves de l'Océan,
Qui, sous leur blanc linceul, méditent le néant!

Mais qu'ai-je vu? Voilà, comme une lente houle,
La longue caravane au loin qui se déroule.
Chameaux et chameliers, tout est silencieux;
Pas un souffle au désert, pas un nuage aux cieux.
Dans le vide effrayant qui seul remplit l'espace,
Rien n'apparaît, sinon quelque autruche rapace;

Rien, sinon le soleil, qui sur ce sol maudit
Fulmine l'anathème et jette l'interdit.

Comme ils sont altérés! Ah! si du moins l'aurore,
Demain, mouillait de pleurs la soif qui les dévore!
Mais l'aurore aurait beau s'attendrir et pleurer,
Le soir se rafraîchir, la brise soupirer,
La mer seule éteindrait cette autre mer de flamme,
Qui, pour comble de maux, semble se faire un jeu
D'imiter l'onde émue en ses vagues de feu!
Je les vois écumer sous la barque qui rame;
Voilà le port! voilà les platanes tremblants,
Le caravansérail et les minarets blancs!

Soudain, pressant le pas, un dromadaire brame;
Le nez au vent, il flaire; il a flairé le puits,
Quelque puits de Joseph! Que dis-je? plus de doute,
Une île du désert, où tous seront conduits
Pour y boire l'oubli des longs maux de la route,
Et chanter l'oasis où, sur des lits de fleurs,
L'eau s'échappe en cascade et fait rire ses pleurs.

Puis, plus loin, bien plus loin, hasardant notre course,
J'irais voir ce grand lac que d'Anville a rêvé,
Qu'à sa place prescrite on dit avoir trouvé,
Mer Caspienne d'Afrique où, pour pencher vers l'Ourse,
Le Nil mystérieux irait prendre sa source,
Lui qui de l'Al-Kamar avait toujours coulé,

Et qui s'y perd peut-être au milieu des nuages,
Comme le vieux destin aux dieux mêmes voilé *.

Oh! le Nil! oh! l'Égypte! oh! les féconds rivages
Qui nous chantent encor l'hymne des premiers âges!
Ciel riant des palmiers, berceau du monde ancien,
Que choisit l'Enfant-Dieu pour y cacher le sien!
Terre des Pharaons, où Joseph et Moïse
Ont frayé le chemin de la Terre-Promise,
De cet étroit pays qui les embrasse tous,
Que les peuples chrétiens visitent à genoux,
Qui n'a bâti qu'un temple et n'a produit qu'un livre
Où l'humanité lit en apprenant à vivre,
Et peut, connaissant mieux son principe et sa fin,
Et sachant au désert quel chemin il faut suivre,
Étancher toute soif, apaiser toute faim!

— A tes accents émus, à la foi qui t'inspire,
Poëte, je le sens, ton esprit a su lire
Ce livre que Dieu ferme aux cœurs durs et fermés,
Ou qui des feux d'Horeb se sont désenflammés,
Mais qu'il tient grand ouvert sous la grande paupière
Des Newton que l'orgueil n'a pas changés en pierre.
J'ai feuilleté les Rings; j'ai voulu des Védas
Dissiper le chaos et les sanglants nuages;

---

* Les récentes découvertes de Speke ont bien avancé cette question des véritables sources du Nil, mais elles ne l'ont pas complétement résolue.

J'ai médité Manou, dont les lois sont plus sages ;
J'ai cueilli les lotus énervants des Bouddhas * ;
J'ai distillé le sens qui découlait de l'astre
Qu'aux plateaux de l'Iran adorait Zoroastre :
Ces codes et ces dieux n'ont rien de surhumain ;
De celui qui voit tout on n'y voit pas la main.
La lumière qu'ils font a des lueurs funèbres !
On y marche au hasard comme dans les ténèbres,
Et le monde peut-être enfin s'y fût perdu,
Si dans les profondeurs un soupir entendu
N'eût déchiré le ciel et n'en eût fait descendre
La rosée implorée et le Juste attendu,
Qui, vainqueur de la tombe et fécondant la cendre,
Rendant l'âme à la vie et les cœurs à l'amour,
A pu, seul, rendre aussi l'esprit à son vrai jour !

La Bible ! tout est là ! C'est la grande fournaise
Où fermente le pain des forts ; c'est la Genèse
De la terre et du ciel avec Dieu pour auteur,
Et la création chantant son créateur !
C'est l'histoire du monde, et la plus authentique,
La plus jeune de cœur, de foi la plus antique ;
C'est la vie et la mort, c'est l'immortalité
Emportant dans son sein toute l'humanité !

Qui ne la comprend pas ne comprend pas la terre,
Et ne sait pas un mot de son propre mystère.

* Le Bouddha actuel est la quatrième incarnation de ce nom.

Tout y devient leçon, la vertu, le péché !
Quoi de plus grand que Job sur son fumier couché !
Entre l'ange et Jacob quelle lutte plus belle !
Quel rêve plus humain que la divine échelle !
Où trouver des accents qui vont plus droit à Dieu !
Oh ! lorsque l'hymne saint emporte au ciel notre âme,
Quelle traînée il fait de lumière et de flamme !

Isaïe, Isaïe, ouvre ta lèvre en feu ;
Que tes charbons brûlants, sur les lèvres du monde,
Viennent purifier tout ce qu'il a d'immonde.
Parle aussi, Salomon, domine tout vain bruit ;
Plus tu descendis bas, plus ta sagesse instruit !
Et toi, David, du fond de ton royal abîme
Exhale ce grand pleur, ce repentir sublime,
Ce long soupir d'amour, d'amertume et de miel,
Qui fait crier plus haut le remords que le crime,
Relève le coupable et désarme le ciel !

Oui, puisque l'homme naît et meurt dans la souffrance,
Puisque sa destinée est de lutter toujours,
Quel livre, aux temps nouveaux ou dans les anciens jours,
Verse au mal plus de baume, aux cœurs plus d'espérance,
Et promet plus de gloire et plus de délivrance !...

— Eh bien ! Thébel, allons visiter ce saint lieu
Qui vit le temple ancien, et le ciel et la terre
Déchirer un moment leur voile et leur mystère,
Et qui garde à jamais la tombe où vit un Dieu.

Puis, de là franchissant les plaines azurées,
Nous irons parcourir ces immenses contrées,
Où le long des forêts, aux rameaux toujours verts,
Des fleuves, que parfois on prendrait pour des mers,
Balancent les lotus sur leurs tiges sacrées.
Là croît le banian, ce figuier des Hindous,
Qui de son ombre sainte abrite leurs Aldées.
Là dans les tamarins, les manguiers, les bambous,
Roseaux dont la hauteur atteint trente coudées,
L'oiseau d'or chante aux fleurs ses hymnes les plus doux.
Là s'étale et grossit cet arbre gigantesque,
Ce fameux baobab, près duquel l'éléphant
Semble aux yeux étonnés plus petit qu'un enfant.
Là le perroquet crie, et le singe grotesque
Saute de branche en branche, ou, toujours maraudeur,
S'il s'endort près de lui, pille le voyageur.

Par d'amers souvenirs tour à tour illustrées,
Je vous verrais aussi, poétiques contrées,
Côtes de Malabar et de Coromandel,
Où j'entendrais encor, tristes sous leur beau ciel,
Mahé, Pondichéry me parler de la France,
Et de tout ce qu'un point embrassa d'espérance !...

Et puis de la pagode au bûcher des Hindous,
Nous irons voir de près ce peuple ardent et doux,
Qui, lorsque autour de lui tout se transforme et change,
Depuis quatre mille ans dans l'immobilité,

Regarde aller sa vie et l'eau sainte du Gange,
L'une au grand océan, l'autre à l'éternité !

Et jetant bas ces dieux et ces dogmes néfastes,
Qui mettent hors des lois et de l'humanité
Les parias souvent moins déchus que leurs castes,
Thébel, tu me dirais comment l'un des Bouddhas,
Éteignant les bûchers, rallumant d'autres flammes,
A pu, malgré les Rings et malgré les Védas,
Conquérir et garder trois cents millions d'âmes,
Qui passant plusieurs fois de la vie à la mort,
Mais toujours s'engrenant sous la meule du sort,
Dont chaque dent de fer les broie et les écrase,
S'enivrent de douleur, et tombant en extase,
Rêvent le Nirvâna, ce paradis indien,
Où le bonheur suprême est de n'être plus rien.

A tous ces peuples-là, que l'on ne connaît guère,
Aussi bien que les dieux les bêtes font la guerre.
C'est là que l'on peut voir, au sortir de leurs bois,
Des lions monstrueux tenir tête à des rois,
Et n'avoir pas toujours la fortune contraire.

Mais malheur ! mais malheur au chasseur téméraire,
Qui n'a fait que blesser, sans l'abattre du coup,
Le grand tigre royal et barré du Bengale !
Efflanqué de fureur, le monstre tout à coup
Bondit, la queue au vent, et, hurlante rafale,

Tombe sur le chasseur, l'arrache à son coursier,
L'emporte et le secoue, et sous ses dents d'acier,
Comme un arbre qui casse au plus fort de l'orage,
Il lui brise les os de vengeance et de rage;
Et puis dans la forêt qu'il gagne en bondissant,
Lorsqu'il n'entend plus rien que sa gueule qui gronde,
Il va le déposer, et dans des flots de sang,
Dont longtemps, à plaisir, il s'enivre et s'inonde,
Plonge et replonge encor son muffle rugissant.

Mais voilà que soudain, au bruit de tous ces râles,
Qui déjà font glapir l'hyène aux alentours,
Un boa constrictor qui, depuis trente jours,
N'avait rien englouti, déroule ses spirales,
S'allonge horriblement et si loin, qu'on croirait
Voir glisser un palmier tombé dans la forêt !
Il avance, il approche; il a flairé sa proie,
Il la surprend, l'enlace, et, de ses plis qu'il tord,
L'étreint, silencieux et sourd comme la mort.

En vain, pour échapper au serpent qui le broie,
Le tigre se débat, Laocoon hurlant.
Ni sa queue à grands coups qui bat son large flanc
Sans blesser l'ennemi, ni ses dents, ni ses ongles,
Ni les bonds insensés qu'il fait parmi les jungles,
Rien ne peut l'arracher à ces nœuds que la faim
Serre, serre toujours pour s'assouvir enfin.
Ses os craquent, le sang lui jaillit des artères;
Il voit avec horreur ruisseler ses viscères,

Et de son cou tordu tire un tel hurlement,
Que les daims effarés vont heurter les panthères,
Et que tout le désert est pris d'un tremblement!

Alors quand, bien réduit, le quadrupède énorme
N'est plus qu'un long monceau, le serpent constrictor
Se dénoue, et laissant tomber la masse informe,
Sur le tigre ainsi fait se met à l'œuvre encor,
D'une bave visqueuse il l'infecte et le couvre;
Sa gueule dilatée ainsi qu'un antre s'ouvre,
Et commence ce lent et monstrueux repas
Qui, durant plusieurs jours, ne s'arrêtera pas.

C'est ainsi qu'au désert, comme au cirque de Rome,
L'histoire de la vie est celle de la mort.
L'homme a faim de la brute et la brute de l'homme;
Partout le dernier mot est dit par le plus fort.

— Ami! le dernier mot, tout s'obstine à le taire :
Le plus fort aujourd'hui, demain le plus rampant,
Croient le saisir; la mort, éternel sagittaire,
Les guette, tend son arc, et les cloue à la terre,
Et livre au ver muet homme, tigre et serpent!

— Et quel dard, ô Thébel, percera le mystère?...

Mais voilà que soudain, tandis que mon esprit
Veut sonder l'Inconnu, noir abîme où tout sombre,

La nuit tombe, et qu'avec ses étoiles sans nombre,
L'énigme atteint le ciel, et l'Infini l'écrit.

Quel gouffre et quel éclat ! quand la terre sommeille,
Comme le firmament fait scintiller ses yeux !
Qu'il est beau ! Non, jamais si tiède et si vermeille
Lumière ne coula d'astres si radieux !

Salut, champs étoilés, royaume de l'espace,
Qui ne gardes jamais nulle trace du temps ;
Seule beauté, dont rien ne flétrit ou n'efface
L'éternelle splendeur et l'éternel printemps !
L'œil ouvert du Très-Haut éclaire ton visage,
C'est la source sans fin de tes sérénités ;
Comme l'âme, tu n'as point de nuit et point d'âge.
Tu changes de flambeaux comme elle de clartés !...

Mais, Thébel, pourquoi donc, quand le moindre nuage
Ne vient troubler l'azur si limpide des airs,
Plusieurs côtés du ciel restent encor déserts ?
Qui retient les Gémeaux ? Où donc est la grande Ourse ?
Le Bouvier est bien lent à reprendre sa course !
La Lyre à ce beau soir a-t-elle dit adieu ?
Et l'ardent Sirius, devant qui tout s'efface,
Rubis en diamant blanchi sous l'œil de Dieu *,

---

* Sirius, la plus brillante étoile du ciel, était rouge autrefois ; sa lumière est
devenue blanche depuis bien des siècles. (Humboldt, *Cosmos*.)

D'où vient, Thébel, d'où vient qu'il a changé de place?
Je ne retrouve plus mes constellations!
Où sommes-nous? Les vents, prompts à me satisfaire,
Nous auraient-ils poussés jusqu'à cet hémisphère,
Où dans des flots d'azur mes aspirations
Naguère se plongeaient comme un vol d'alcyons;
Où, près de l'équateur, tout change et tout diffère,
La fleur des champs, d'éclat, et l'astre de rayons!

Mais quelle est cette Croix que la nuit à ses voiles
Vient d'attacher? Quel doux, quel radieux concert!
O Thébel! toi qui lis les cieux à livre ouvert,
Et qui sais par leurs noms appeler les étoiles,
Est-ce la Croix-du-Sud? C'est elle! je le sens;
Je le sens aux parfums, je le sens aux cantiques,
Que la terre et les flots, en élans extatiques,
Vers elle font monter comme un suprême encens!
O Thébel! agrandis mon âme et mes accents :
Nous sommes sous le ciel splendide des tropiques!

— Poëte, tu dis vrai; mais silence à nos voix;
Écoutons les rumeurs qui montent des grands bois.
Quand l'étoile est au ciel, le seuil des antres sombres
S'allume d'yeux sanglants qui rôdent par les ombres,
Et l'on entend bientôt des râles, des abois
Qui font, de branche en branche, ululer les effrois.

C'est le moment choisi des meurtres, des rapines;
C'est lorsque tout s'endort, que les races félines

S'éveillent, et s'en vont, à coup sûr et sans bruit,
Égorger le sommeil dans les bras de la nuit.

C'est l'heure où les lions sortent de leurs tanières.
La tête haute et fixe, ils soufflent, flairent l'air,
L'air que leur gueule mâche en attendant la chair.
Ils la sentent, ils ont secoué leurs crinières,
Et, le long des sentiers âpres et tortueux,
Ils s'avancent, puissants, graves, majestueux.
Leurs rugissements sourds, qui de loin se confondent,
Imitent le tonnerre, et parfois y répondent.
Ils ont faim ; ils le font savoir à qui les sert,
Aux deux grands pourvoyeurs de leurs festins nocturnes,
Et que les cris de mort rendent plus taciturnes :
Ils viennent saluer la nuit et le désert !

Cache-toi, cache-toi ; laisse là ta pâture,
Pauvre daim attardé ! Gazelles, n'allez pas
Au bord de ce ruisseau qui, de son frais murmure,
Invite votre soif à s'étancher d'eau pure :
Faons de biche altérés, portez ailleurs vos pas ;
Tout près, derrière vous, comme la mort, muette,
Une autre soif, la soif de votre sang, vous guette ;
Elle est là, fuyez vite, ou de vie à trépas
Un de vous va passer, sous l'effroyable muffle
D'un lion dont la dent vient de manquer un buffle !

Mais sauvés aujourd'hui, le serez-vous demain ?
Votre sort n'est-il pas le sort du genre humain ?

Qu'est-ce partout ? sinon un incessant massacre,
Que, d'un œil sec et froid, la nature consacre,
Et si bien qu'en vertu de meurtres sans remord,
Tout se tue et se mange, et renaît de sa mort !
Aussi que de dangers, que de sollicitudes,
Attendent l'hôte faible et doux des solitudes,
Si l'instinct le trahit quand l'ombre se répand
Sur ces édens en fleurs où glisse le serpent !

Léger est le repos de l'oiseau sous la feuille,
Et des grands éléphants sous leur dôme attentifs.
L'un vers l'autre tournés, vois comme ils sont pensifs !
On dirait un conseil de sphinx qui se recueille.
Recueillons-nous aussi ; méditons les secrets
Que trahit le sommeil agité des forêts,
Et doucement bercés à leur vague murmure,
Attendons le réveil puissant de la nature.

CHANT ONZIÈME.

L'ASIE.

LE GRAND ARCHIPEL INDÏEN.

— Oiseau, gentil oiseau,
Qui chantes sur la branche,
Et dont la soif s'étanche
Dans une perle d'eau,

Que ta chanson est douce !
Dit-elle tes amours?
Mais quelle ardeur te pousse
A t'élever toujours?

— Sur la plus haute cime
Flotte un rayon vermeil,
Et je monte au soleil
Par qui tout se ranime.

Le matin, j'aime à voir
Le premier sa lumière,
Et ma voix la dernière
Le bénit chaque soir.

Maintenant je lui chante
Mon chant le plus joli ;
Un grain de mil m'enchante :
Je suis le bengali.

C'est de mon nom qu'on nomme
L'empire où je me plais.
Pourquoi faut-il que l'homme
M'y tende des filets ?

Pourtant, à Cachemire,
Dont les toits sont fleuris
De jardins que j'admire,
J'ai quelques doux abris.

Et, vraiment, c'est merveille,
Lorsqu'au soleil levant,

De corbeille en corbeille,
Je me balance au vent.

A Bénarès la sainte,
Je sais bien des berceaux
Qui, dans leur labyrinthe,
Suivent le cours des eaux.

Et j'unis ma louange
Aux stances d'un soutra,
Aux chants d'hymen du Gange
Et du Bramapoutra.

Plus sacrés que le Sinde,
Qu'on nomme aussi l'Indus,
Ces grands fleuves de l'Inde,
Du ciel sont descendus.

Mon aile se hasarde
Sur leurs rives, parfois;
Mais dès qu'on me regarde,
Je m'enfuis dans les bois.

Et des traits de l'envie
Qu'excite ma beauté,
J'y viens sauver ma vie,
Ou bien ma liberté.

La liberté ! Sans elle,
Tout n'est rien pour l'oiseau.
Oh ! que la terre est belle !
Et que le ciel est beau !

— Comme un fauve lion qui brise sa barrière,
Et secoue au désert sa royale crinière,
Tu l'as vu, tu l'as vu se lever en sursaut
Le soleil ! et d'un bond fulgurant de lumière,
Prendre à la fois le ciel et la terre d'assaut !
Dans ces climats de flamme où, déchu de si haut,
L'homme s'immobilise et se rive à sa chaîne,
Le jour naît tout entier, la nuit tombe soudaine.
L'aurore matinale, au sourire vermeil,
N'y vient jamais ouvrir les portes du soleil,
Et l'on n'y connaît point cette lueur si douce,
Qui, n'étant pas la nuit, et n'étant plus le jour,
Berce la rêverie, et, sur des lits de mousse,
Comme Vénus au ciel, allume au cœur l'amour.

L'équateur n'admet point de changeante mesure ;
Il veut des jours égaux aux nuits ; mais la nature
N'en est que plus extrême en cet ardent milieu :
Échevelée ainsi qu'une bacchante en feu,
Ses amours déréglés vont jusqu'à la luxure.
Et lorsque ses ardeurs lui brûlent trop le front,
Elle prend l'ouragan pour essuyer l'affront ;
Et demain, plus hardie en ses bonds plus superbes,
Elle fait, d'arbre en arbre, escalader les herbes ;

Et sans cesse et partout effrénée en son jeu,
Elle ne ralentit sa force hyperbolique,
Et de tous ses excès ne se repose en Dieu,   .
Que lorsqu'elle a franchi l'un ou l'autre tropique.

Allons, ami, du cœur ! Hâtons-nous ; le soleil
Monte, et reprend là-haut son œuvre sur la terre ;
Il transmet aux humains l'exemple salutaire
Du travail fécondant qui commence au réveil.
A l'abri de ses feux, sur mon char de nuage,
Avec lui dans les airs poursuivons notre ouvrage,
Et fouillons du regard ces antiques séjours,
Qu'à son image ardente il rajeunit toujours.

Nous sommes sur les bords enflammés de l'Asie,
Devant cette presqu'île appelée Hindoustan,
Où, du haut d'un comptoir, l'Anglais fait le sultan,
Serrant mieux dans l'étau cette terre choisie,
Qui voulait respirer ! mais il l'a ressaisie,
Et rien ne fera plus lâcher prise au condor
Dont la serre est de fer et dont la proie est d'or.

Ce golfe que tu vois gonflant ses vagues bleues ;
Qui, d'un rivage à l'autre, atteint quatre cents lieues,
Et qui partout ailleurs serait un océan,
C'est ce large bassin, ce golfe du Bengale,
Qu'à force de vouloir se rendre plus béant,
Celui de l'Arabie en quelques points égale ;

Mais dont il ne saurait, malgré tous ses efforts,
Balancer le renom, la gloire et les trésors.

Voilà Ceylan ! salut, antique Taprobane,
Éden des éléphants, inépuisable Ophir,
Où les peuples jadis venaient en caravane,
Chercher le diamant, la perle et le saphir ;
Ile enchantée, ainsi qu'on en voit dans les songes,
Mais dont l'Anglais encore a fait, en y songeant,
Argonaute éternel, une Colchos d'argent ;
Sauf à changer plus tard, en haine des mensonges,
Et pour l'amour des cieux, et pour son plus grand bien,
Cet enfer de Bouddhisme en paradis chrétien !

Là-bas, c'est Andaman et Nicobar en face,
Groupes riants où l'homme, indigne de sa race,
S'assimile à la brute et vaut à peine mieux.
Et nous les passerons, comme tant d'autres lieux
Dont la beauté pâlit, dont la gloire s'efface
Devant cet archipel si grand, si merveilleux,
Qui, des mers de la Chine au détroit de la Sonde,
De tant d'îles en fleurs a constellé son onde,
Que les cieux étoilés, dans ce tremblant miroir
Semblent s'être oubliés à force de s'y voir !

L'Anglais a de ces mers une part ; la Hollande
Tient l'autre, la plus vaste, à côté d'un ami,
Qui toujours et partout veille, même endormi ;

Dont les bras sont si longs, dont la bouche est si grande,
Qu'en les voyant s'ouvrir chacun tremble pour soi.

Qu'un nouveau point surgisse, île, rocher ou lande,
Il y pose le pied et dit : « Au nom du roi,
Ou bien de ma très-haute et gracieuse reine,
— Le sexe importe peu, — ce lieu-ci m'appartient. »
Et quand l'acte est ainsi passé, qu'on lui reprenne,
Que l'on touche du doigt ce qu'une fois il tient !

Rien ne l'arrête ; il va d'un hémisphère à l'autre ;
Voyageur intrépide, industriel, apôtre,
Apre au gain, et toujours jaloux du premier rang,
Partout il prend racine avec tout ce qu'il fonde ;
Et lorsqu'il a sucé les peuples jusqu'au sang,
Ce grand poulpe des mers va faire ailleurs sa ronde !
Il mûrit ses projets ; il les fait aboutir ;
Il crée à Singapour une nouvelle Tyr,
Un des riches marchés des quatre coins du monde,
Et par lui reprenant sa vie et son essor,
Malacca redevient la Chersonnèse d'or !

Oh ! de tes rudes fils tu peux, vieille Angleterre,
Tu peux t'enorgueillir ; nul peuple de la terre,
Pour dominer les mers, et, quel que soit le vent,
Y fixer la fortune, ou pousser plus avant,
Grossir parfois son gain des fruits qu'un autre sème,
Et se faire estimer et craindre sans qu'on l'aime,

Oui, nul peuple, Albion, ne vaut encor le tien,
Et n'absout mieux le mal qu'il commet pour son bien.

— Mais avant de te suivre où ton ardeur m'entraîne,
Thébel, dis-moi quelle est, — avec sa longue chaîne
De monts tout chevelus et ses quatre volcans
Qui fatiguent le ciel de leurs feux provoquants, —
Quelle est cette contrée immense, et dont le terme
Toujours, toujours recule? Est-ce une terre ferme?

— Poëte, il ne faut pas oublier que ces mers,
Ces monts et ces plateaux démesurés de l'Inde,
Qu'habitait l'homme avant que l'Olympe et le Pinde
Eussent peuplé leurs bois et leurs sommets déserts
De dieux ceints de lauriers ou lançant des éclairs;
Que tous ces lieux, dont l'âge au calcul se dérobe,
Sont les enfantements les plus fiers que le globe
En ses convulsions ait osés sous les cieux.

Oui, quand l'Europe encor dormait dans les ténèbres,
L'Asie au grand soleil avait ouvert ses yeux.
Les dogmes de Brahma, l'ancien culte des Guèbres,
Avec l'amour des arts et la crainte des dieux,
Y faisaient naître alors des œuvres, dont l'histoire
Aurait dû s'enquérir et garder la mémoire.
Il est temps que les fils connaissent un peu mieux
Des pays qu'on dit être, — et l'on pourrait le croire, —
Le berceau de leur langue et de leurs grands aïeux.

Nous sonderons plus tard ce ciel mystérieux
Des Transmigrations et des Métempsycoses.
Maintenant, sans aller remonter vers ces causes
D'abaissement fatal, commençons notre appel
Des îles de la Sonde et du grand archipel.

Cette terre sans fin, et que certe on peut prendre
Pour un vrai continent, tant elle aime à s'étendre,
N'est rien qu'une île, ici ! Plus vaste que Ceylan,
Elle ne l'atteint pas encore en son élan,
Mais elle a des forêts plus sombres, plus superbes
De monstres, de boas courbant les hautes herbes.

Là, le tigre devient si terrible et si fort
Que, d'un seul coup de griffe, il met un buffle à mort.
Là, sont les éléphants les plus grands de la terre :
Trois hommes, en montant l'un sur l'autre, ont l'affront
De ne pouvoir parfois les dépasser du front*.

Leur ivoire est d'un prix qui tente l'insulaire ;
Mais ils le vendent cher, ces puissants potentats,
Quand, pour le leur ravir, on vient porter la guerre,
Le ravage et la mort dans leurs propres États.

Libres, ils vont souvent par troupes ; le sol tremble
Sous leurs pieds, quand la peur les fait fuir tous ensemble,

---

* Il y a des éléphants à Sumatra dont la taille s'élève jusqu'à 18 pieds.

Et leur masse et leur souffle enflamment tant de vent,
Qu'on croirait voir passer un orage vivant !

Du reste, doux d'instinct, et même ami de l'homme
Jusqu'à sacrifier pour lui sa liberté,
Et descendre à l'état de la bête de somme,
L'éléphant n'est parfois ombrageux, redouté,
Que quand l'amour aux flancs le presse et l'aiguillonne ;
Alors, sauve qui peut ! il ne connaît personne.

Fuyez, surtout, fuyez celui que sa tribu
Force à vivre loin d'elle ainsi qu'un vil rebut.
Comme le paria rejeté de sa caste,
Loin de se résigner sous cet arrêt néfaste,
Il le casse, et poussant, de forêt en forêt,
Ce formidable cri qu'on appelle baret,
Il va, la trompe haut, et, pareil à l'orage,
Il s'allume, en courant, de vengeance et de rage.

Rien ne résiste alors à sa force en fureur :
On voit, à son aspect, — la peur donne des ailes, —
Buffles, rhinocéros fuir comme des gazelles !
Le tigre, à sa rencontre, est saisi de terreur ;
Le cou tors, l'œil oblique, il renâcle d'horreur ;
Il doute de ses dents, il doute de ses ongles,
Se détourne, et brisant les cactus et les jungles,
A bonds précipités, regagne ses forêts.

Laissons-le s'y cacher. Revenons à notre île :
Serais-tu curieux de la voir de plus près ?

Riche en vieux monuments, plus belle que fertile,
Elle a des ports heureux où de tous les climats
Les vaisseaux à l'envi dressent au ciel leurs mâts.
Sa forme aux archipels offre un rempart utile
Contre les vents du large et ses flots irrités,
Et les fruits qu'elle porte entre tous sont vantés.

Son nom est Sumatra. L'Équateur la traverse.
Foyer de passions, qu'attisaient les Padris
Au courroux de leurs dieux tombés dans le mépris,
Elle aspire à la paix des champs et du commerce.

Le patient Batave et le fourbe Malais
Y luttent. Appauvri par les guerres civiles,
Ce sol, en or fécond, en fleuves, a des villes
Où des sultans trônaient dans de riches palais,
Chefs puissants autrefois, aujourd'hui vains fantômes
De rois qui n'ont plus rien qu'une ombre de royaumes,
Et que ne sauveront Brahma ni Mahomet.

La Hollande à ses lois les gagne ou les soumet.
Mais à la Néerlande, à son tour, on peut dire :
Si, par tous les efforts que l'industrie inspire,
Ton génie aquatique a su dompter les flots,
Il est des lieux qu'ici digues, ni matelots
Ne pourront de longtemps soumettre à ton empire.

Dieu divise et maintient ces îles en deux parts
Ayant, pour se garder, chacune ses remparts.
Les côtes et les mers sont à l'espèce humaine,
Qui, blanche, noire ou jaune, en a fait son domaine ;
Les forêts ont pour rois tous ces fauves héros,
Le tigre, l'éléphant et le rhinocéros,
Contre lesquels, aux jours de chasse ou de bataille,
Il faut un cœur bien haut pour l'avoir à leur taille ;
Et l'on doute parfois, quand le fer, échauffé
Par le sang ou le lucre, enfin a triomphé
De tous ces défenseurs de leur droit à la vie,
Qu'ils sont nés pour transmettre et qu'on leur a ravie,
On doute si leur mort, calcul, ou jeu cruel,
Est un doux holocauste aux yeux de l'Éternel.

Mais tel est le destin de la brute et de l'homme
Depuis l'instant fatal où, malgré l'interdit,
Le père des humains osa mordre à la pomme,
Tout se tue et se mange, et semble être maudit.
Et ce combat à mort, où l'on s'entre-dévore,
Du sang et de la chair ce funèbre appétit,
L'œil, de verres armé, le voit plus grand encore
Dans l'être qu'on appelle infiniment petit.
Si bien que le savoir, par qui l'homme s'éclaire,
Lui rend plus ténébreux l'implacable mystère,
Et les cieux invoqués plus muets et plus sourds ;
Et qu'il faut, pour qu'un coin du voile se déchire,
Pour qu'on sache où s'en vont colombes et vautours,

Qu'entre deux larrons, Christ, Verbe fait chair, expire,
Et, du haut d'un gibet, nous dise ses amours.

Et qu'importe dès lors qu'au bien le mal se mêle?
La nature, ainsi faite, en est-elle moins belle?
Mais vois plutôt partout comme elle rebondit
D'aise et d'amour aux bras qui pressent sa mamelle !
Non, la terre d'exil n'est pas un sol maudit.

Je t'en prends à témoin, Java, rare merveille,
Toi qui de l'Orient, splendide éclosion,
Chaque fois que le jour en riant te réveille,
Sembles sortir des mains de la création !

Vois, comme le soleil la contemple et lui verse
Ses flots d'or et de feu qui vont hâter les fruits
Dont la moisson sans fin parfume son commerce!
Dans les ports, dans les champs, quelle ardeur ! quels doux bruits !

En vain l'islam encor, cet opium des esprits
Et ce boulet des pieds, l'engourdit et l'entrave,
Elle marche, et d'un pas réglé par le Batave
Avec lui se retrempe aux sources du travail.
Et puis quand elle est lasse, elle écoute l'histoire
Que lui content tout haut les débris de sa gloire,
Et fière du passé, dans sa robe d'émail
Qui s'étoile au soleil et jamais ne se fane,
Elle reprend alors ses grands airs de sultane,

Se couche, et de son lit de perle et de corail,
Des forêts sur son front agite l'éventail.

Mais sur ce front serein qu'un noir cyclone passe ;
Quels ravages ! quel deuil ! quels tremblements profonds !
Quelle peur de se voir disperser dans l'espace,
Quand l'ouragan, armé de trombes, de typhons,
La prend par ses forêts, et fait, pour mieux l'étreindre,
De tous ces vents d'enfer tournoyer le cylindre.

Puis lorsque le soleil, qu'on croyait emporté,
Vient rendre tous ces bords à leur sérénité,
Les pâles voyageurs qui, sauvés des naufrages,
Pour la première fois parcourent ces parages,
Voyant leurs grands vaisseaux embarrassés et pris
Dans les palmiers jonchant la mer de leurs débris :
Quel est donc, disent-ils, ce ciel où les orages
Peuvent, loin des vallons et loin des monts altiers,
Faire voler dans l'air des arbres tout entiers,
Comme, sous d'autres cieux, ils font voler leur feuille !

Et l'homme, ce roseau qui pense, se recueille ;
Et dans sa nef flottante il rêve, sous les mâts,
Il rêve des forêts qu'endorment les frimas ;
Et des biens et des maux étudiant la cause,
Il admire, en tremblant, ces étranges climats
Où, comme la beauté, l'horreur est grandiose,
Où l'argus, aux yeux d'or, voit ramper les boas !

Mais poussons plus avant dans cette Malaisie,
Qui s'en va de la Sonde au pays des Papous;
Où, comme en un creuset, Dieu distille l'Asie,
Rend plus beaux ses trésors et les reproduit tous.

Les Moluques sont là, puis aussi les Célèbes,
Et Ternate, et Céram, aux fabuleuses glèbes,
Nids des mers, qu'Alfouroux et Malais tour à tour
Ont changés si longtemps en aires de vautour.

La Hollande a conquis ces îles de délices,
Aux oiseaux bleus et d'or, aux brûlantes épices,
Où, sous le muscadier, l'arbre à pin, le sandal,
La vie est un parfum qu'on boit à pleins calices.
Ces édens, qu'un moment Diaz, Gama, Cabral,
Et le grand Albuquerque ouvraient au Portugal,
Virent, dit-on, errer jadis dans leurs cyclades
Ce sublime banni, ce porte-glaive égal
Aux héros qu'il chantait, l'auteur des Lusiades!

Mais conçu près du Tage et porté vers Goa,
Ce poëme, aujourd'hui l'orgueil de Lisboa,
Devait naître plus loin encor d'une patrie
Inclémente au poëte ardent à l'illustrer.
Une grotte où le jour aimait à pénétrer,
Que Macao contemple avec idolâtrie,
Patane, nid d'aiglon, d'où l'œil s'étend au loin,
Dans son sein de rochers, sur sa couche de pierre,

Reçut l'œuvre d'amour, de gloire et de lumière,
Avec Dieu pour pontife et la mer pour témoin.
Et ce fruit de l'exil n'échappa du naufrage,
Et n'alla réjouir le rivage natal,
Que pour rendre à l'auteur le destin plus fatal.
Oui, quand de tous côtés son nom et son ouvrage
N'avaient plus d'ennemis, la faim sur un grabat
Livrait à Camoëns son suprême combat.

Sa patrie et son roi, fiers de leur grand poëte,
En ce temps agité, sombraient dans la tempête.
Il mourut avec eux en bénissant le sort
Qui ne le forçait point de survivre à leur mort.

Mais pourquoi donc, Dieu juste, à des coups si funestes
Vouer ainsi les fronts où tu te manifestes?
Pourquoi tourner contre eux les dons que tu leur fis?
Pourquoi les couronner de rayons et d'épines?
Le poëte a-t-il donc des vertus si divines
Qu'il faille le clouer en croix comme ton fils?

Eh bien! soit; que la terre aux cœurs durs appartienne;
Tes martyrs sont contents, car leur palme est la tienne!

Passons à Bornéo, que l'équateur en feu,
Épris de sa fraîcheur traverse en son milieu;
Ile qui peut, après la Nouvelle-Hollande,
Du globe avec orgueil se dire la plus grande;
Mais qui, par ses forêts dont nul n'a vu le fond

Par leurs entassements de mystères et d'ombres,
Et par les animaux qui peuplent les décombres
Et les noires terreurs que les siècles y font,
Est presque sans rivale, et ne craint pas l'Afrique,
Qui des monstres pourtant est la terre classique.

C'est là dans ces forêts, où vient mourir le jour,
Que les orangs-outangs ont fixé leur séjour.
Vois comme avec lenteur leur troupe satisfaite
Parcourt de ces rameaux le majestueux faîte.
Ils quittent rarement ces frais et doux abris
Qu'exprès pour eux le ciel semble avoir assombris.
Là, narguant le Malais, jaloux de son espèce,
Ce quadrumane heureux, de sa compagne épris,
Cultive en se berçant l'amour et la paresse,
Croît et se multiplie, et cueille à pleines mains
Les fruits du paradis défendus aux humains.

Riche en métaux, cette île a des côtes fécondes
Dont le Batave est maître et garde les abords
Qu'infectent des marais et des races immondes.
Mais si jamais, un jour, d'industrieux efforts
Creusaient des lits profonds à ses fleuves sans bords,
Ce fertile pays, plus vaste que la France,
Où l'Anglais n'a qu'un pied pour voir ce qu'il prendra,
Du Portugal jadis vert rameau d'espérance,
En richesses pourrait égaler Sumatra.

Enfin, là-bas, plus loin, ce sont les Philippines,

Capitale Manille, où l'Espagne voudrait
Réunir sous sa loi, fixer par son attrait
Tous ces groupes fuyant des belles Carolines.

Quels climats! et comment rester silencieux
Devant tous ces édens qui parlent tant des cieux
Forêts vierges, vallons, montagnes, doux royaumes,
Pleins d'oiseaux et de fleurs, d'or, de soie et d'aromes,
Fruits ardents du soleil, que l'extrême Orient
D'un bout du monde à l'autre envoie en souriant.

— O Thébel, descendons sur ces étranges grèves,
Où, comme en ces jardins que l'on voit dans les rêves,
Oiseaux, rubis et fleurs naissent à chaque pas.

— Si tu m'en crois, ami, nous n'y descendrons pas.
Ces lieux où la nature enfante des prodiges,
Perdent un peu, de près, ce qu'ils gagnent de loin,
Et l'on dirait que l'homme, incommode témoin,
Fait comme des oiseaux s'envoler leurs prestiges.
Dans ces climats de flamme interdits aux hivers,
Mais où, durant six mois, pour éteindre la terre,
Le ciel crève la nue à grands coups de tonnerre,
Toute face splendide a son morne revers.

L'Égypte y vient souvent frapper de ses sept plaies
Des champs où les fruits d'or se suspendent aux haies;
Là plus qu'ailleurs, peut-être, éternelle leçon,
Le mal se mêle au bien, au baume le poison.

Puis ces peuples vieillis et divers de langage,
Sont des peuples enfants et se ressemblent tous.
Rois et dieux, à leurs pieds, les tiennent à genoux,
Et leur font épeler toujours la même page ;
Et les rigueurs souvent tombent sur les plus doux ;
Et ce spectacle affreux, de l'Asie à l'Afrique,
S'étale en plein soleil depuis quatre mille ans.
L'Europe l'a joué chez elle, et l'Amérique
A payé de son or le fer que dans ses flancs,
Sans trêve ni merci, de rivage en rivage,
L'Espagne lui plongeait en l'appelant sauvage !...

CHANT DOUZIÈME.

L'AMÉRIQUE.

Ah ! qui jamais saura, sans frissonner d'horreur,
Tout ce que ce fléau si fatal, l'esclavage
Avec son code noir, cette blanche terreur,
Et la traite, sa mère, ont causé de ravage,
Ont arraché de cris, ont tiré de sueur,
De larmes et de sang à la race africaine,
Et dans ses doux instincts ont amassé de haine !

Qui dira cette rage inoculée aux chiens,
Que leurs maîtres dressaient à la chasse aux Indiens,

Aux habitants cuivrés d'une terre alors verte
D'espérance et d'amour comme sa découverte !

— Eh bien ! puisqu'il nous faut résister aux appels
De ces îles d'Asie et de ces archipels,
Riches écrins des mers qui, trop souvent encore,
Rendent vraie, en s'ouvrant, la fable de Pandore,
Restons ici, Thébel ; attache à ce ciel pur
L'anneau d'or de ta nef, et, bercés dans l'azur,
Parcourons, sans quitter la rive orientale,
Parcourous cette terre immense, qui s'étale
Comme une double Afrique, et qu'une erreur d'abord
Fit prendre, à son aspect, pour l'Inde occidentale
Par ceux qui les premiers en touchèrent le bord.

Oui, voguons en esprit ; dis-moi ce qu'on peut croire
De ce grand continent que Colomb eut la gloire
De dévoiler au monde, et qu'un autre, après lui,
De son nom d'Améric nomme encore aujourd'hui,
Comme si cette terre, en naissant à l'histoire,
Voulait éterniser le mensonge et le dol.

— Ne t'en offense point : si ce généreux sol,
Lorsque tout ici-bas se transforme ou s'efface,
Perpétue un mensonge et le garde à sa face,
Il garde en même temps et donne une leçon
Qui fait placer plus haut, dans des sphères plus calmes,
Le prix des saints labeurs, des martyres sans nom,
Et ce prix-là se cueille où se cueillent les palmes !

Et maintenant je vais te dire en quelques mots
Ces Indes d'occident qui vont d'un pôle à l'autre,
Ce monde qui d'abord parut si loin du nôtre,
Ce monde où tant de biens ont produit tant de maux....

Quel âge a-t-il? D'où vient cette moitié du globe?
Sur les gouffres du temps mon esprit suspendu
S'imagine parfois qu'elle est l'immense lobe
D'un continent qu'en deux la mer aurait fendu,
Et dont les mille éclats seraient ces rocs, ces îles,
Où, plus tard, le soleil a fait pousser des villes.

Et quand je dis la mer, je me trompe : les flots
Obéissent aux feux ; et les feux, c'est la terre
Qui les vomit jadis de cratère en cratère,
Et qui s'ouvrit les flancs d'où les monts sont éclos.
C'est au bruit inouï de ses vagues ignées
Que le globe tenta ces fiers soulèvements,
Tempêtes de granit, vastes déchirements,
Par où les grandes eaux, hurlantes, indignées
Que le sol les saisît de tous ses tremblements,
S'ouvrirent un passage et changèrent d'abîmes !

Cette époque marqua les temps diluviens
Qui gravent sur leurs fronts d'effrayants millésimes,
Et prennent les rochers pour leurs historiens.

L'Amérique naquit alors avec ses Andes,
Où, parmi les volcans, la neige a des guirlandes

Qu'enflamme le soleil, et d'où le grand condor
S'en va, d'un vol puissant, nager dans des flots d'or.

Bientôt la forêt vierge envahit ces contrées
D'une humide chaleur ardemment pénétrées ;
La liane amoureuse enlaça de festons
Les rameaux étonnés de si beaux rejetons.
Les fleuves, à l'envi, de leurs sources trop pleines
Sortirent en tumulte, inondèrent les plaines,
Et donnèrent parfois le spectacle des mers
Avant d'aller tomber dans les gouffres amers ;
Tandis que les pampas, les llanos, les savanes,
Où, libres comme l'air, paissent des caravanes
De zèbres indomptés et d'ombrageux bizons,
Étendirent si loin leurs vagues horizons,
Que lorsque l'ouragan sur ces grands déserts d'herbes,
Sur ces flots de gramens ruisselant de couleurs,
Passe, et fait ondoyer leurs innombrables gerbes,
On dirait une mer de verdure et de fleurs !

Mais l'homme ! dans quel temps parut-il sur ces zones
Où trois grands océans mènent, et dont le nord
Touche presque à l'Asie et peut en voir le bord ?
Le Nouveau-Monde a-t-il ses races autochthones ?
A-t-il eu son Adam comme le monde ancien,
Comme l'on veut aussi que l'Afrique ait le sien ?

Pour qui voit la nature à travers les principes
De sa sainte unité, Dieu ne fait que des types ;

Il laisse à l'onde, au sol, au froid, à la chaleur,
Le soin d'en varier la forme et la couleur.

Les peuples sont divers ; l'espèce humaine est une ;
Comme les sept couleurs qu'unit un seul rayon,
Elle a son arc-en-ciel qu'une flamme commune
A jeté sur la terre en signe d'union !

Non, les bords du Niger, ni ceux de l'Amazone,
D'hommes à part jamais ne furent les berceaux ;
Il n'en est qu'un au monde, et c'est entre leur zone
Que l'Euphrate et l'Oxus l'ont baigné de leurs eaux.

Oui, c'est là des humains la source et la patrie ;
Là que la terre a vu ses premiers habitants
Croître et multiplier, et, débordant de vie,
En épancher les flots, de plus en plus montants,
Des bords féconds du Nil aux plateaux de l'Arie.

Puis sortirent de là tous ces peuples anciens,
Hindous, Chinois, Malais, Perses, Phéniciens,
Scandinaves, Bretons, et Germains, et Pélasges,
Têtes de ponts jetés sur les fleuves des âges,
Et d'où les plus hardis, les plus aventureux
S'élançaient sans laisser de traces après eux ;
Mais qui toujours poussés vers d'inconnus rivages,
Suivis de leur compagne, allaient par leurs chemins,
Comme on sème les blés, semer d'autres humains.

Ce sont ces hommes forts qui, sur l'humide plaine,
Pirates ou marchands, ou chassant la baleine,
Mais tous, comme leurs fronts, ayant des cœurs bronzés,
Au gré de la tempête ou des vents alizés,
Ont touché tour à tour, cette terre excentrique
Qui devait s'appeler du faux nom d'Amérique,
Et, sous le nom menteur aussi d'Américains,
Voir tomber de si haut tant de républicains !

J'avais droit d'espérer bien mieux de la sagesse
D'États à qui la France avait fait sa largesse
D'héroïsme et de sang, de gloire et d'avenir ;
D'États qui commençaient comme on voudrait finir ;
Qui de quatre-vingt-neuf dataient leur présidence,
Et d'un libre lien parvenaient à s'unir !

J'avais mieux présumé de cette indépendance
Que fondait Washington, et que Franklin signa
De cette même main qui ravit le tonnerre
A la nue, et le sceptre aux tyrans de la terre :
Attentats dont jamais le ciel ne s'indigna.

C'est alors que l'on vit avec la république
Grandir dans l'union et dans l'austérité
Ces sages, ces héros, dignes du temps antique,
Et plus dignes encor de la postérité.
Heureux jours où la honte était l'oisiveté,
Et le travail l'honneur militant, la noblesse

D'États nouveaux et fiers qui cueillaient, en naissant,
Les fruits de l'âge mûr, et d'un air de vieillesse
Semblaient enorgueillir leur front adolescent.

Ils disaient : « Nous avons résolu les problèmes
Qu'aucune nation n'a pu résoudre encor :
De grands peuples unis se gouvernant eux-mêmes ;
L'ordre et la liberté pouvant vivre d'accord
Avec la loi pour prince, et pour pape la Bible. »

Ils disaient..... Tout à coup un craquement horrible,
Comme jamais pareil ne s'était entendu,
Ébranle ces États-Unis de l'Amérique.
Les membres mal soudés de ce corps trop tendu
Se brisaient, et brisaient leur orgueil chimérique !
Las du nœud fédéral qui l'étreignait à mort,
Le Sud, pour se sauver, s'écartelait du Nord.

Et maintenant voilà ces deux tronçons colosses
Se rongeant jusqu'aux os ainsi que des molosses,
A s'entre-dévorer de plus en plus ardents.
Car ce qui leur a mis cette fureur aux dents,
C'est l'or, c'est l'âpreté des intérêts contraires ;
C'est un combat à mort de volontés d'airain,
D'orgueils et d'appétits mangeant jusqu'à leur frein ;
C'est une soif d'enfer, la soif du sang des frères !

Le Nord a triomphé ! mais les dieux et Caton
Savent-ils qui du Sud ou du Nord a raison ?

O sensible Yankee! tu maudis l'esclavage,
Tu voudrais tout à coup l'abolir avec rage,
Et tu crains de toucher une main où tu vois
Un reste de couleur sous les ongles des doigts!
Mais sois donc plus humain, civilisé farouche,
Cœur de fer, dont l'or seul est la pierre de touche.
Oui, pratique un peu mieux le droit et l'équité,
Puis après tu pourras parler de liberté.
Jusque-là, ton devoir, — faut-il qu'on te l'apprenne? —
C'est de mettre à ta langue un mors qui la refrène ;
C'est de te dégonfler de tous ces flots d'encens
Dont tant d'esprits béats ont enivré tes sens;
C'est de croire moins pur le culte où tu te vautres
Avec tes libertés heurtant celle des autres,
Et tes nouveaux États en train de devenir
La forme où le vieux monde allait se rajeunir,
Au dire d'écrivains, dont la plume morose,
Pour noircir tout chez eux, peint chez toi tout en rose.

Qu'on exalte à plaisir ton jeune sang qui bout,
Ton génie inventif, ton ardeur dévorante,
Qui prend d'assaut l'obstacle, et, dans sa course errante,
Poursuit, à tout hasard, ses projets jusqu'au bout ;
Qu'on donne à tes instincts, qui deviennent ta règle,
Le bond du jaguar et l'œil perçant de l'aigle ;
Que l'on admire en toi le hardi pionnier
Qui défriche les mers, les forêts et la terre,
Et de son avenir assombrit l'Angleterre,
Ce sont là des grandeurs que nul ne peut nier :

J'en subis l'ascendant, l'éblouissant prestige,
A m'en donner parfois la fièvre et le vertige !

Mais que l'on vienne, au nom des éternelles lois,
Préconiser partout, proposer pour modèle,
Un peuple qui les brave et qui s'y dit fidèle,
Contre un pareil concert j'élève alors ma voix.
La sainte liberté repousse des exploits
Dont l'humanité pleure, et sa colère est prompte
A flétrir des excès qui lui jettent la honte !

O liberté ! faut-il qu'il soit toujours permis
De te forcer, ainsi qu'une bête de somme,
A porter sur ton dos tant d'amis ennemis,
Et si peu d'amants vrais en qui brûle un cœur d'homme !
Ton arbre, mal planté, par tous les vents battu,
Est pauvre encore, hélas ! de séve et de vertu !
Il végète, il se tord sous les coups de tonnerre
Qui lui viennent bien moins du ciel que de la terre.
Avant que des fruits mûrs pendent de ses rameaux,
Et distillent au monde un remède à ses maux,
Il faudra de ton sol arracher bien des herbes,
Combler bien des bas-fonds, et ne vouloir jamais
A d'injustes niveaux abaisser les sommets.
Non, les hommes, pas plus que les épis des gerbes,
Ne sont égaux entre eux : respect aux fronts superbes
Où l'honneur parle haut ; honte au républicain
Qui cache sous son bras le bâton de Tarquin !

Et vous, peuples si fiers, qui de vos républiques
Empanachez vos fronts, faites les triomphants,
Et brisant vos jouets ainsi que des enfants,
Les montrez à l'Europe avec des airs antiques,
Quel est le don du ciel que vous n'ayez reçu,
Et quel espoir en vous qui n'ait été déçu?
Loin du soleil vieilli de votre métropole,
Planètes qui deviez l'éclairer de vos feux,
Et qui restez toujours à l'état nébuleux,
Quand saurez-vous enfin tourner sur votre pôle,
Uruguay, Paraguay, Pérou, Guatémala,
Bolivie, Équateur, et Vénézuela,
Et Nouvelle-Grenade, et vous, que de son ventre
L'Amérique a tirés, nouveaux États du centre,
Qui vivez pauvrement sur votre riche sol,
Où vous faisait maigrir le régime espagnol;
Et toi, surtout, foyer de discorde intestine,
Rio de la Plata, république Argentine?

Quels pàs avez-vous faits? Excepté le Chili,
Qui sur un sol tremblant garde son équilibre,
Et voit, couvert de fruits que la main peut cueillir,
Du nom de paradis un val s'enorgueillir * ;
Excepté l'Araucan, si fier de rester libre,
L'Araucan qu'Ercilla, ce poëte guerrier,
Vainquit et couronna d'un épique laurier ;
Tronçons d'États saignants, acharnés à vous mordre,

---

* Valparaiso.

Oui, qu'avez-vous fondé, la plupart? — Le désordre!...
Et pourtant, malgré tout, ô peuples que j'aimais,
Vous vivrez de ces droits qui ne meurent jamais.

Relevez-donc vos cœurs ; abattez vos bastilles,
Et tous ces faux grands airs d'hidalgos des Castilles.
S'émanciper est beau ; mais ce qui ne l'est pas,
C'est de salir ses mains, d'ensanglanter ses pas,
D'imiter Haïti, la reine des Antilles.

Eh bien ! n'éteignez pas encore vos courroux,
Anglo-Saxons, Latins, peuples blancs, noirs ou roux ;
Rivalisez de haine et de fureur sauvage ;
Comblez toute mesure ; il faut, il faut du sang
Pour retremper la vie et vous la mettre au flanc.
Il en faut une mer pour laver l'esclavage,
Pour l'y noyer enfin de rivage en rivage,
Pour en faire sortir, avec la liberté,
Ce trésor de vertus qui vaut encor mieux qu'elle,
Tous ces biens dont l'oubli peut tuer l'immortelle,
Et qu'enferme un seul mot divin : l'humanité !
Son doux règne, à ce prix, n'aura pas trop coûté.

En attendant, je vois le Mexique, un empire,
Qui de la république expirante respire.
Depuis qu'il était libre, il n'avait pas marché !
Ardent à s'affaiblir, dans sa fièvre couché,
Il s'agitait sur place, allant de mal en pire,
Et, mort, il devenait lui-même son vampire.

Et voilà que soudain la France l'a touché,
Et le démoniaque, exorcisé, se lève;
Marche, et bénit la main qui guérit par le glaive !

Quel sera l'avenir d'un pays aussi beau,
Qui, chaque jour, vivant, descendait au tombeau?
Quels fruits portera-t-il, cet éden en souffrance,
Où l'enfer semblait dire : « Ici, plus d'espérance ! »
Où naguère un des tiens, soldat ambassadeur,
Le cœur et le front hauts, comme les veut la France,
Alla de son pays faire aimer la grandeur !
Il resta noble et pauvre, et prépara peut-être,
Entr'ouvrit cette voie où, d'un si prompt essor,
Avec l'aigle des Francs vient d'entrer, pour renaître,
Cette vraie Hespéride, aux fruits d'argent et d'or;
Cette immense Colchos, dont un conquérant traître,
Mais sincère en sa foi comme les fils des preux,
Avide de trésors, et pourtant généreux,
Cortez, sous Charles-Quint, en sa double campagne,
Argonaute cruel, dota l'ingrate Espagne.

Un vainqueur plus humain et plus ami des droits,
Le premier des neveux du second Charlemagne,
Qui fait bénir le nom de Napoléon trois,
Ce grand sphinx dont l'énigme inquiète les rois,
De sa noble conquête, et si grande et si riche,
Vient de gratifier un prince aimé d'Autriche,
En dépit de l'Anglo-Saxon, qui croyait bien,
Pour sauver ce pays, un jour le rendre sien.

Ah! qui sait si l'effort tenté par cette France,
Toujours incorrigible à donner son appui,
Et son or, et son sang aux misères d'autrui ;
Qui sait, devant le ciel, si cette délivrance,
Si ce redressement des âmes et des fronts
Ne sera pas un jour un des plus beaux fleurons
Des gloires qu'elle sème au profit d'un autre âge,
Et dont, seul entre tous, son peuple a le courage !...

Je crois à l'avenir des pays du soleil,
Où la mort, pour linceul, prend un rayon vermeil.
Je crois au sol fécond que la ruine encore
Des splendeurs du passé fait revivre et décore !
A ce sol toujours jeune, où, dans les temps anciens,
Ont grandi ces tribus, Chichimèques, Toltèques,
Que les Montézuma, ces empereurs indiens,
Soumirent tour à tour à leurs vaillants Aztèques ;
Peuples industrieux, qui dès les Égyptiens
Semblaient tenir leurs arts, rappeler le génie,
Et faire du Mexique une Babylonie !
J'espère en ce ciel pur, où de tous les climats,
Le sol en s'étageant, vivante architecture,
Reproduit les trésors, l'aspect et la nature,
Et sur ses monts en feu les fruits des noirs frimas.

Mais cet autre pays qu'à l'égal du Mexique,
Sur des bords opposés, vit fleurir l'Amérique,
Que devient-il ? Que font ces paradis perdus,

Où régnaient les Incas, du soleil descendus ;
Qui, les Andes au front, l'océan Pacifique
Aux pieds, pour tempérer nuit et jour leur ardeur,
Comme un flot vaguement laissaient aller leur borne
Du ciel de l'équateur au ciel du Capricorne ?
Atteindront–ils jamais ce degré de splendeur,
Dont tous leurs monuments, temples, canaux et routes,
Et châteaux forts assis sur de puissantes voûtes,
Frappés, comme leurs monts, du sceau de la grandeur,
Même encore en tombant sont la preuve vivante ?

Oui, qui relèvera ce grand corps abattu,
Que les lois et les arts, dont l'Europe se vante,
Ont moins doté de biens qu'appauvri de vertu ?
Démembré du Potose et de la Bolivie,
Mais libre enfin d'un joug qu'il a brisé trois fois
Dans les mains de l'Espagne et de ses vice-rois,
Refera-t-il son sang, sa fortune et sa vie ?

Et le Brésil ! encore un empire vermeil,
Dont rien que le nom seul m'éblouit de soleil,
De diamants et d'or, et de forêts fleuries
Qu'embrasent les oiseaux du feu des pierreries,
Mais où l'enfer semblait se vider de fléaux
Pour voir ce qu'un éden peut contenir de maux !

De sa fange aujourd'hui son peuple ardent se lave ;
Il n'y fermente plus ; son sang dégénéré

S'épure, et jette moins de scorie et de lave.
Il devient généreux, et l'État, par degré,
Sans secousse et sans bruit se transforme à son gré.
Au triomphe du bien, dont l'amour vif l'inspire,
Lentement, sagement, l'esprit nouveau conspire :
L'ordre, qui veut durer, ne peut, en aucun lieu,
Ni se passer du temps, ni se passer de Dieu.

L'esclavage s'y meurt du mal qui l'alimente :
La traite n'ose plus, dans sa ronde infamante,
Vomir sur quelques bords déserts ou hasardeux
Que de rares produits de son trafic hideux.

Mais ce crime restreint, devenu plus impie,
Plus affamé de lucre aux mains du négrier,
Plus durement encore et sans pouvoir crier,
C'est l'innocent, hélas ! c'est le noir qui l'expie !

Plus l'un a de dangers et de mers à courir,
Plus l'autre a de torture et d'angoisse à souffrir.
Heureux lorsque la mort met fin à ses supplices,
Ou que la cargaison rencontre des complices,
Et se fait quelquefois absoudre, l'or en main,
Par ceux qui sont chargés de barrer son chemin !

Mais puisque, dira-t-on, la traite ainsi vous brave,
Réglez du moins un mal que sa défense aggrave.
Non, non ; régler le mal, pactiser avec lui,

Ce serait l'approuver et lui prêter appui.
Il faut qu'il meure; il faut venger avec courage
Les lois de leur mépris, le ciel de son outrage.

Pauvres races! quel crime avez-vous donc commis
Assez grand, assez noir pour rendre héréditaire
La peine, et lui donner la terreur d'un mystère?
Avez-vous tué Dieu? pour que vous soyez mis
Au ban du genre humain, en dehors d'une espèce
Dont vous faites partie, et qui sur votre peau
Écrit le nom d'esclave et celui de troupeau,
Afin que sans remords l'acquéreur se repaisse
D'un bétail bien à lui, dont, nuit et jour, il peut,
Ame et corps, disposer et jouir comme il veut.
Et s'il ne le fait pas, il a droit de le faire.

Et c'est ce droit qu'il faut arracher de sa main.
On a beau répéter : « L'homme devient humain, »
L'homme est toujours le même, et l'esprit qui diffère
De ce qu'il fut jadis, ne change point le cœur.
Le cœur est un abîme, et lorsque l'arbitraire
Est au fond, le plus doux me fait trembler de peur.

Donc à mort l'esclavage! à mort tout droit qui tue!
Que le travail partout soit libre et s'évertue
A s'assurer les fruits dus à son long effort,
Et non aux bras d'un maître, inflexible statue,
Qui les croise, et prend tout par la loi du plus fort!

Que chacun, quel qu'il soit, ait le prix de son œuvre :
Le pis gonflé de lait abhorre la couleuvre.
Sus à tout ce qui rampe et vit du bien d'autrui !
Gloire aux esprits ailés, ces cygnes et ces aigles
Qui tourmentent les cieux pour en trouver les règles,
Ou pour en rapporter l'éclair qui leur a lui !

Mais ces noirs Africains, mais ces races mineures,
Ces vieux enfants qu'il faut mener comme un bétail,
Délivrés de leur joug, affranchis du bercail,
Sauront-ils bien porter le poids léger des heures,
Et volontairement se forcer au travail?
Ils végétaient en bloc, ils mourront en détail.

Qui l'a dit? Le marteau qui frappe sur l'enclume,
Ou l'écrivain plus dur encore avec sa plume,
Et qui n'ayant plus rien à vendre, en fait métier,
Et prouve que le nègre, étant un homme à peine,
On a droit, pour son bien, de le mettre à la chaîne,
De le rendre plus brute et de l'en châtier.

Non, non, en recouvrant sa liberté ravie,
Il vivra mieux que ceux qui vivent de sa vie :
Il vivra sans remords, il aura des enfants
Qu'on ne lui prendra plus comme on les prend aux fauves;
Il les verra grandir sous des cieux étouffants,
Et lever haut des fronts qui ne sont jamais chauves.
Ah ! c'est qu'en eux le sang a gardé sa verdeur !

Pauvres d'esprit, ils ont des trésors dans le cœur.
Comme l'oiseau du ciel, que la rosée enivre,
Un grain, un fruit des champs les rend heureux de vivre,
Et fait chanter bien mieux leur joie et leur amour
Que l'œuf d'or où souvent on couve son vautour.....

Est-ce à dire pourtant que cette race noire
Qui, contente de peu, demain comme aujourd'hui,
De l'avenir jamais n'a su nourrir l'ennui,
Ni rêver le bonheur des tourments de la gloire,
Accroupie au soleil, qui travaille pour lui,
Soit morte à tous les arts, et se ferme à l'histoire?

Non, elle porte aux flancs de puissants aiguillons
Qui lui feront tracer, à son tour, ses sillons.
Elle est sensible, aimante, et son cœur s'électrise
Aux sons mélodieux, tendres ou frémissants
D'un art qui sait entrer dans l'âme par les sens,
Et qui devient divin parce qu'il humanise.

Mais comme le lama, le nègre reste sourd,
Et refuse son dos quand le poids est trop lourd.
Il n'entend plus alors d'autre voix que la sienne :
L'agneau, rendu cruel, pousse des cris d'hyène,
Et le maître enflammé de courroux contre un mal
Qu'il a causé lui-même, en punit l'animal !

Il est temps, il est temps de refréner la force ;
De montrer ce qu'un noir cache sous son écorce.

Rameau de l'arbre humain, il y peut reverdir ;
Divers, selon le sol, comme la race blanche,
Il pousse vers le ciel plus d'une noble branche*.
Oui, quoiqu'il soit souvent trop prompt à s'engourdir,
Le nègre qui résiste au labeur le plus rude,
N'est point marqué du sceau de la décrépitude ;
C'est plutôt un enfant qui demande à grandir,
Et dont le sang mêlé ferait bientôt un homme,
Qui, sous la loi commune élevant son niveau,
Verserait dans la vie un élément nouveau,
Et du bonheur humain augmenterait la somme.

Mieux doué que le noir, l'Indien jaune ou cuivré
A moins de cœur ; déchu d'une race plus haute,
A d'amers souvenirs on le dirait livré ;
Triste et morne, il a l'air d'expier une faute.

Mais cette vieille tige, aux rameaux languissants,
Que mutile le fer, qu'effeuille la tempête,
Rendrait des sucs encor, relèverait la tête
Comme l'arbre blessé d'où découle l'encens,
Si la main du planteur, que la coignée emporte,
N'abattait point la branche avant qu'elle fût morte.

Tel est ce continent, que trois mers vont baigner ;
Terre vierge, aux forêts encor plus vierges qu'elle,

* Les Abyssins.

Que l'Europe viole en la faisant saigner,
En buvant à longs traits, d'une lèvre cruelle,
Les flots d'or et d'argent qui veinent sa mamelle.

Deux races, à l'envi, sans trêve et sans remord,
Se disputent son sein en se frappant à mort.
Les Saxons d'Angleterre et ceux qu'en Allemagne
Si rudement, jadis, châtia Charlemagne,
Parviendront-ils un jour à ravir aux Latins
Un monde qui semblait s'unir à leurs destins?
Les premiers occupants, par le droit de conquête,
A ces derniers venus tiendront-ils toujours tête?

Non, à ce riche éden ils pourront dire adieu,
Et s'en aller traîner, de rivage en rivage,
L'exil de leurs foyers, comme l'Indien sauvage,
Si la France, cet œil sans cesse ouvert de Dieu,
Ne veille pour tirer des chocs du Nouveau-Monde,
Ces lois de l'équilibre où l'Europe se fonde,
Ces lois sans qui la terre et le ciel étoilé
Rentreraient au chaos qu'elles ont débrouillé!

Oui, l'Amérique, un jour, grâce à cet équilibre,
Républicaine ou non, deviendra vraiment libre.

Quel est à l'horizon ce nuage de Dieu,
Qui flotte, et que l'éclair sillonne en son milieu?
Il avance, portant sur sa croupe qui fume

Une femme, une reine, aux seins bruns et gonflés
De sucs qu'aux feux du ciel la terre a distillés,
Et d'aromes puissants dont elle se parfume.

C'est l'Amérique avec sa ceinture de fleurs
Et de fruits que ses flancs enfantent sans douleurs.
De ses plus noirs soucis sa face est déridée ;
Je la vois, je la vois sortir de ses malheurs,
Et comme un doux soleil luit à travers l'ondée,
Sourire à l'avenir en essuyant ses pleurs.

Salut terre d'amour, par le sang fécondée !
Salut, nouveau limon, où le vieux genre humain
Ira se repétrir lui-même de sa main,
Amérique, salut ! que ta verte jeunesse,
Jetée à tous les vents, pour mieux vivre, renaisse.
Défriche tes forêts, trace aux flots leur chemin.
Sous les rayons dorés qui couronnent ta tête,
Chante les mines d'or qui germent dans tes flancs ;
Que les arts de la paix célèbrent leur conquête,
Et qu'ils fassent asseoir à cette heureuse fête
Et tes fils adoptifs et tes premiers enfants !

Et toi, l'une des cinq républiques du centre,
Toi, dont la vieille Europe épelle encor le nom,
Et dont la gloire, un jour, mieux qu'au bruit du canon,
Peut éclater soudain, et susciter son chantre ;
Fécond Nicaragua, qui dois, ouvrant ton sein
Aux flots de l'Atlantique et de la mer Vermeille,

De Suez étonné balancer la merveille !
Ah ! quand donc verrons-nous s'accomplir ce dessein,
Que le captif de Ham *, sur son lit de souffrance,
Rêvant dans sa prison la grandeur de la France,
Et toujours plus ardent en son espoir déçu,
Avait, l'œil sur le globe, un des premiers conçu !
Ce grand dessein, par qui les peuples de la terre
Étendant des liens que l'intérêt resserre,
Abrégent leur chemin, se touchent en tout lieu,
Et semblent achever l'œuvre même de Dieu !

---

* Voir : Canal de Nicaragua ou projet de jonction des océans Atlantique et Pacifique au moyen d'un canal, œuvres de Napoléon III, tome 2, page 475. — Paris, Amyot, 1854.

CHANT TREIZIÈME.

——

L'AUSTRALIE. — LA NOUVELLE-ZÉLANDE.

Oui, l'homme à son génie asservira le globe.
Dieu lui dit : Pour régner, je te fais naître nu ;
A toi ce qui résiste et ce qui se dérobe,
A toi les monts, la mer, le ciel et l'inconnu !...

Pourquoi faut-il souvent que tant de mal s'allie
Au bien que poursuit l'homme, et qui n'est fécondé
Que lorsqu'à flots le sang l'a partout inondé ?

Tel est ton sort, ô toi, que l'écume et la lie
D'un grand peuple ont changée en un sol de vertus,

Où du fumier fécond de tous ses détritus
Un pénitentiaire a tiré l'Australie !

Tes mines, tes troupeaux aux riches toisons d'or,
Qui de l'ardent Squatter centuplant le trésor,
Font d'un lieu de convicts une terre promise,
Et vont émerveiller les bords de la Tamise ;
Oui, tous ces biens accrus, et tant d'autres encor,
Sujets toujours nouveaux de surprise et d'envie,
Tueront tous tes enfants en transformant ta vie !...
De leurs noires tribus l'épaisseur des forêts
Hélas ! n'en sauvera pas un de tes progrès !

Le cœur a beau gémir à cette barbarie,
Et d'éloquents regrets éplorer ses discours,
L'esprit, wagon de flamme, emporte dans son cours
Et l'ignorance aveugle, et l'obstacle qui crie,
Et l'erreur qui résiste, et la peur d'autres cieux
Qui se laisse entraîner en se fermant les yeux.
On dirait le coursier de la ballade sombre,
Ce coursier aux crins noirs, qui n'a ni frein ni mors,
Et qui voudrait, lançant au loin l'éclair et l'ombre,
Faire aller les vivants plus vite que les morts.

O Melbourne ! ô Sydney ! villes déjà superbes,
Qui sur un sol impur, comme de folles herbes,
Avez si grandement poussé sous les affronts,
Du nom de Mac-Arthur vous étoilez vos fronts ;

D'une flore inconnue et d'animaux peut-être
Plus étranges encor, que votre ciel fait naître,
Vous étonnez la terre, et vos colons nouveaux,
Ardents, et n'ayant rien à redouter des codes,
Recueillent les doux fruits de leurs nobles travaux.
Vous prenez du vieux monde et les arts et les modes,
Et l'Europe par vous est à ses antipodes !
A voir vos monuments s'élever à tout prix,
Et des pays lointains les foules accourues
Remplir vos quais, vos ports et vos splendides rues,
On croirait habiter Londres, Naple ou Paris.

Les libertés, les lois et les mœurs pastorales,
Vous les faites fleurir sur vos terres australes ;
Vous cueillez tous leurs fruits, tous, hormis le meilleur,
Le plus doux, le plus saint, la pitié du malheur !

Pour apprendre à souffrir de l'humaine souffrance,
Ah ! tournez quelquefois vos regards vers la France,
Et comme elle, ô Saxons, grandissez par le cœur.
Quoi ! vous exterminez toute une pauvre race
Parce que sa laideur inspire le dégoût.
Mais d'où sortez-vous donc vous-mêmes ? D'un égout.
Vos âmes, il est vrai, n'en gardent plus la trace ;
L'honneur a reparu sur vos fronts dégradés ;
Vous vous êtes absous, et vous refusez grâce
A des êtres déchus que vous dépossédez,
Aux premiers occupants dont vous prenez la place !

Leur couleur fait leur crime et vous met en courroux !
Mais parce qu'ils sont noirs, massacrez-vous vos cygnes ?
Vous laissez, — de vos cœurs les brutes sont plus dignes, —
L'onde à l'ornithorinx, leur île aux kangouroux ;
Vos coteaux, sous vos mains, se couronnent de vignes ;
Vous transformez le sol, vous savez dégager
L'air, et l'or, et l'argent de leurs impurs mélanges,
Et vous désespérez, dites-vous, de changer
Un peuple, vieil enfant, qu'il faudrait protéger,
Et que vous aimez mieux étouffer dans ses langes !
Aidez-le donc plutôt à sortir de ses fanges,
De sa nuit léthargique et de son lourd sommeil.
Cet insecte qui brille et bourdonne au soleil,
Fut longtemps une larve, et vécut dans la boue.
Pourquoi l'être chétif, qu'on brise ou qu'on bafoue,
Pourquoi ne pourrait-il, larve humaine qui dort,
Comme la chrysalide avoir son réveil d'or * ?

Mais de l'humanité la nature se joue ;
Elle laisse tuer le faible par le fort.
O mystère ! la vie est fille de la mort ;
Le mal se mêle au bien, et parfois il le couve :
Rome a pris pour berceau le ventre d'une louve !...

Les Saxons d'Australie auront-ils les destins
Qui rendirent si grand le pays des Latins ?

---

* En pénétrant plus avant dans le centre encore si peu connu de l'Australie, on vient d'y découvrir des indigènes bien supérieurs à ceux des côtes, et qui pourraient rivaliser de force et de taille avec les races les mieux partagées sous ce rapport.

Le sang dont elle arrose une origine immonde,
Fera-t-il dans son sein fleurir un meilleur monde?

En attendant, ô vous, dont le cœur brûle et bat
D'amour pour le foyer et pour l'indépendance,
Zélandais, qui joignant l'audace à la prudence,
Comme au bruit d'une fête accourez au combat,
Vendez cher votre vie à qui veut vous la prendre.
Gardez vos soifs, vos faims, vos appétits ardents.
Aux muffles des lions, tigres, montrez les dents;
Le mal qu'on vient vous faire, il faut, il faut le rendre.
Pied à pied, corps à corps, disputez le terrain;
On est cruel, on est de fer, soyez d'airain;
Mangez vos ennemis de peur qu'ils ne vous mangent!

Oui, Nouveaux-Zélandais, que vos cruautés vengent
Tous ces troupeaux bêlants de moutons que les loups,
Les loups européens font tomber sous leurs coups.
Entre verser le sang à plaisir et le boire,
Quelle est la différence, ô vous, qui vous vantez
De civiliser ceux que vous épouvantez;
Quelle est la différence aux yeux de cette histoire
Qui ne s'écrit qu'au ciel, et que seule on doit croire!

Mais pourquoi tant de maux? Pourquoi donc, en naissant,
Tout peuple a-t-il au front une tache de sang?
Pourquoi, quand il pourrait vivre en paix sur la terre,
Son premier cri de vie est-il un cri de guerre?

Pourquoi sous ce beau ciel, infernal paradis,
Séjours mystérieux d'horreurs et de délices,
Si longtemps par l'Afrique à l'Europe interdits,
Les fleurs ont-elles donc du sang dans leurs calices?
Pourquoi chaque tribu garde-t-elle pour roi
Celui qui sait le mieux faire régner l'effroi,
Juger seul, sans merci, tuer, couper les têtes,
Les suspendre aux palmiers, et mêler dans ses fêtes
Les cris de la luxure au râle des mourants?
Pourquoi, si nous passons sous des cieux différents,
Voit-on l'un s'engraisser du travail dont meurt l'autre?
Pourquoi, lorsqu'un nabab, — acheté par l'Anglais,
Qui devient son complice, — au fond de son palais,
Dans l'orgie, à loisir, incessamment se vautre,
Des hommes enchaînés ainsi qu'un vil troupeau,
S'en vont-ils, quand le jour à peine vient d'éclore,
Sous le fouet toujours prompt à déchirer leur peau,
Lutter contre un soleil plus implacable encore,
Et, penchés sur le sol, pâles, tremblants, fiévreux,
Amasser des trésors qui tourneront contre eux?.....

Pourquoi, quand le lion épargne son semblable,
L'homme mange-t-il l'homme? ou, s'il change de mets,
Pourquoi, dans ses désirs toujours insatiable,
D'appétits monstrueux ne change-t-il jamais?

Pourquoi? je te l'ai dit, le mal est un mystère,
Mais il n'est point fatal; fruit impur de la terre,
S'il est, il a raison et les hommes ont tort :

Tout effet a sa cause évidente ou voilée ;
Tout grand principe enfreint, toute loi violée,
Enfante le désordre et fait germer la mort,
Et de leur injustice absout les coups du sort.

Oui, le sort qu'on accuse et le ciel qu'on blasphème,
C'est l'homme, de ses mains, qui les règle lui-même.
Le malheur imprévu peut l'atteindre parfois,
Mais c'est un coup fatal qui n'atteint pas les lois.

On vit de ses vertus comme on meurt de ses vices.
Polygame et cruel aux peuples qu'il soumet,
Le Turc mahométan mourra de Mahomet.

Courbant trop bas son front sous les plus durs sévices,
Méprisant ceux qu'il sert, le fanatique Hindou,
Fixe dans son ardeur, se passe autour du cou
La chaîne qu'en rêvant de plus en plus il serre,
Et que ne briseront ni Siva, ni Wishnou.
Timide, doux d'instinct, et peu propre à la guerre,
C'est une proie offerte à la dent des lions :
L'Anglais en a mangé plus de cent millions !

Le Chinois, mal instruit des choses de la terre,
Dont il se croit encor le centre et le pivot,
S'abrutit en buvant la liqueur du pavot ;
Et déchu, bas d'esprit, d'âme et de caractère,
Prend pour voie et pour but le culte du plaisir,
Et ne veut plus qu'en vivre, afin d'en mieux mourir.

Et maintenant que l'Inde ou que la Chine meure ;
Que peuples et volcans soient en éruption ;
Que tout cœur ait son ver qui ronge sa demeure ;
Que sur chaque degré de la création
La faim soit à l'affût, tigre ou fourmi-lion ;
Qu'un crime réussi, quand la justice en pleure,
Fonde un droit d'insolence avec hérédité ;
Que l'Océan échappe au frein qui l'a dompté,
Le désordre est d'un jour, l'œuvre humaine d'une heure ;
Dieu, pour faire la sienne, a son éternité !…

Il ne veut, et ne peut vouloir que la justice ;
Mais, seul, il en sait l'heure, et ne la fait sonner
Que lorsqu'il faut enfin que sa voix retentisse
Pour éprouver encor l'homme, ou le couronner. —

Thébel ainsi parlait, et je croyais entendre
Des voix tomber du ciel et s'unir à sa voix ;
Et, d'échos en échos, ce saint concert parfois
Me semblait s'enflammer, et grandir, et s'étendre,
Pareil à ces rumeurs qui courent dans les bois
Quand les vents de la mer vont agiter leur cime,
Et leur font imiter les bruits sourds de l'abîme.

Et comme au dernier jour, où les divins clairons
Des tombes et des flots feront dresser les fronts,
Je crus voir, à ces voix que l'Orient répète,
Les peuples s'éveiller et relever leur tête,

Puis tendre avec effort leurs bras meurtris de fers,
Et demander à Dieu le prix des maux soufferts!.....

. . . .

Tout à coup notre nef, dans l'azur suspendue,
S'agite, lève l'ancre, et monte dans les airs,
Impétueuse, ardente, avide d'étendue,
Comme un aérostat, impatient du sol,
Qui brise ses liens et prend au ciel son vol.

—

14

CHANT QUATORZIÈME.

—

GENÈSE DES MONDES.

—Où courons-nous, Thébel? Tandis que ta parole
Des choses et des temps m'instruit et me console,
Tu vas, tu vas toujours, et si haut que mes yeux
S'effarent sur l'abîme, et que j'ai peur des cieux!
Le soleil y répand une étrange lumière.
Vois! l'étoile s'y montre et brille malgré lui;
Je puis le regarder sans baisser ma paupière!
Mais comme loin de nous les nuages ont fui!
Quel silence! le froid m'étreint comme une serre;
Je n'entends plus ma voix! Et la terre, la terre,

Qu'est-elle devenue avec tous ses vieux monts
Où, seul, le grand condor peut respirer et vivre?
Redescends, redescends; l'air manque à mes poumons;
Dans ces sphères, Thébel, je ne puis plus te suivre.

— Tu me suivras; il faut aborder cette mer,
Cet océan sans fin, où l'on entend l'étoile
Bénir le créateur qui la met à la voile,
Et répondre aux sanglots de chaque gouffre amer.

Viens! Dieu te donnera la force et le courage
De poursuivre ton œuvre à travers son ouvrage.
Faible atome animé de son souffle éternel,
Tu sauras mieux la terre en l'apprenant du ciel!
Elle n'est qu'un anneau de ce vaste système
Que régit le soleil, et cet astre lui-même,
Dont la grandeur confond, n'est qu'un point tout petit
De systèmes plus grands auxquels il obéit.
Car depuis l'humble ver qui s'allume dans l'herbe,
Jusqu'au globe de feu sur son axe emporté,
La matière et le temps, la pensée et le verbe,
Tout s'enchaîne et se meut devant l'éternité!

Ecoute maintenant et doute, si tu l'oses,
De celui qui de rien a tiré toutes choses.

Dans le commencement, sortant de son repos,
Dieu créa les esprits, ainsi que la matière :

Ceux-là, purs, près de lui ; l'autre inerte et grossière,
Voisine du néant et semblable au chaos.

Il ne la tira point de sa propre substance,
Ni d'un autre foyer de vie et de puissance,
Déjà, comme lui-même, avant elle existant ;
Sa libre volonté la tira du néant.

Cette matière ainsi, germe et principe unique
De tout ce qui devait et doit éclore un jour,
Ne fut et n'est encor, pour produire à son tour,
Par la seule vertu que Dieu lui communique,
Rien qu'un fluide amas nébulaire ou cosmique.
Diffuse à l'infini, son extrême chaleur
Dans un état gazeux sans forme et sans couleur
La maintint, et la fit ondoyer dans l'espace.
Les ténèbres voilaient de tous côtés sa face.
Mais sur l'abîme obscur planait l'esprit de Dieu ;
Il pénétrait le germe, il y soufflait son feu,
Et soumettant l'immense et féconde fournaise
A ces deux grandes lois, harmonieux discords,
Qui font se repousser et s'attirer les corps,
Des mondes en travail préparait la genèse.

Par le rayonnement continu de leurs bords
L'attraction s'accroît ; une chaleur nouvelle
Se fait ; l'obscurité cède au feu qui l'exclut,
Et soudain, digne fruit du Dieu qui l'amoncèle,

La lumière amassée éclate et se révèle :
Que la lumière soit, et la lumière fut !

C'est là le premier jour, ou l'époque première
De la création. — Mais comment la lumière
A-t-elle pu briller, lorsque les lampes d'or
Qui la font resplendir ne brûlaient pas encor?

Depuis quatre mille ans ce jour luit dans la Bible,
Et sur ses hauts sommets, d'accord avec la foi,
La science aujourd'hui l'a démontré possible*.

Le globe cependant, celui dont l'homme est roi,
Déjà se dessinait, masse sphéroïdique,
Où tous les éléments, de chaleur pénétrés,
Demeuraient à l'état de fluide élastique.
Puis, par les lents progrès de leur force organique,
Ces mêmes éléments, en noyau concentrés,
D'une écorce solide enveloppent la terre.
Leur chaleur diminue et, selon ses degrés,
Les uns forment les flots, les autres l'atmosphère,
Et c'est alors que vient le sublime moment
Où Dieu, séparant tout, pose le firmament.

La terre à sa surface enfin s'est refroidie.
Mais dans ses flancs toujours bouillonne l'incendie;

---

* Voir les découvertes de Faraday et d'autres physiciens, relatives à la forma-
tion d'une lumière indépendante de celei du soleil.

De grands déchirements se font de toutes parts :
Les vallons sont creusés, les montagnes se dressent ;
Dans l'abîme béant courent les flots épars,
Et contre leur retour élevant des remparts,
Les continents émus en triomphe apparaissent !

Pour accomplir ainsi ces révolutions,
Dont Dieu marquait le cours en ses prévisions,
Quel temps a-t-il fallu ? des millions d'années,
Qui devant l'Éternel ne sont que des journées.

Or, la création, à son troisième jour *,
Restait encor sans vie, et, nue et délaissée,
La nature attendait, comme une fiancée,
Sa robe nuptiale et ses présents d'amour.

Et Dieu dit : Que la terre, et les eaux, et les marbres
Enfantent les métaux, les plantes et les arbres ;
Que des corps lumineux dans le ciel soient produits,
Et divisent les temps par les jours et les nuits !
Et la terre enfanta métaux, arbres et plantes,
Et le ciel suspendit ses deux lampes brillantes.

Puis, par delà ce ciel, de ses puissantes mains,
Ainsi que des vaisseaux lancés à toutes voiles,
A travers l'infini Dieu lança les étoiles,
Et sur des mers sans bords décrivit leurs chemins.

---

* Il est bien entendu que les jours de la création sont des époques, et que la science peut leur donner autant de siècles qu'elle voudra.

Mais quoi ! le Créateur, pour instruire la terre,
Imperceptible point perdu dans l'univers,
A mis en mouvement tant de globes divers !
Se peut-il que ce point, atome sublunaire
Détaché du soleil, comme on dit le savoir,
S'imagine que tout n'a d'yeux que pour le voir ?

Oui, l'univers est grand et la terre est petite ;
Mais les cieux sur le front de l'homme qui l'habite
Allument la pensée, et ce vivant flambeau
Jette un défi vainqueur à l'astre le plus beau.
Et c'est pourquoi celui qui, dans son âme austère,
Entretient, nuit et jour, ce divin lampadaire,
N'aime à s'anéantir un moment devant ceux
Dont la nuit, par milliers, lui dévoile les feux,
Que pour se relever, grandir et rendre grâce
Au Dieu qui d'un éclair lui sillonne la face !
Il sait que le soleil, d'où lui viennent les jours,
Et que le firmament avec ses luminaires
Si lointains, si nombreux, qu'ils effrayeront toujours
L'audace des calculs les plus imaginaires,
A l'éclairer lui seul ne bornent pas leurs cours,
Et que ces chars roulants de lumières fécondes,
Peuvent, où Dieu les mène, aller vers d'autres mondes,
Se peupler, et s'ouvrant de nouveaux horizons,
Se transmettre le jour, la vie et leurs leçons.

Mais d'émeraude en vain la terre est revêtue ;
En vain, de tous côtés, dans les flots, dans les airs,

Dans l'antre des forêts ou sur les rameaux verts,
L'être multiplié s'agite et s'évertue ;
La nature, au milieu de ses hôtes divers,
Se sentait solitaire, et paraissait attendre
Un être plus parfait et qui pût la comprendre.
Et Dieu de ses trésors tirant un pur levain,
Le pétrit dans l'argile, et d'un souffle divin
Créa l'homme attendu, le fit à son image,
Et par l'être pensant couronna son ouvrage.
La nature eut un maître, et l'aigle et le lion
Acclamèrent le roi de la création !

Il faillit un moment, il tomba; mais sa chute
A retrempé son âme et son cœur par la lutte,
Et, tout déchu qu'il est, cet atome, ce point
Sur un globe, autre point lui-même dans l'espace,
N'en est pas moins marqué d'un sceau que rien n'efface,
Et le soleil qui brille et qui ne le sait point,
Doit pâlir, et pâlit devant la créature
Qui l'atteint dans son cours, le pèse et le mesure !.....

Oui, le génie humain, pour les connaître mieux,
De la terre étonnée a rapproché les cieux ;
Il a franchi l'éther, il a vu l'invisible,
Et dans ses profondeurs sondé l'inaccessible.

C'est là, selon leur rang, qu'habitent ces esprits
Dont l'œil a pénétré, découvert ou surpris

Ces sublimes secrets, ces lois que sous leurs voiles
Les cieux ont si longtemps dérobés aux humains.

De leur propre lumière, ainsi que des étoiles,
Dieu les fait scintiller; ils savent les chemins
Que décrit chaque globe, et partout, et sans cesse,
Des célestes calculs adorant la justesse,
Ils restent confondus et fiers devant Celui
Dont sur eux, un moment, quelques rayons ont lui.

Ils ne se lassent point de remonter aux causes,
D'admirer la génèse et la suite des choses;
L'inconnu qu'ils cherchaient sur la terre, les cieux
Le font, comme une étoile, éclore sous leurs yeux.

De ces explorateurs, dont le front s'illumine,
Les plus anciens sont ceux de l'Inde et de la Chine;
Les premiers entre tous ils marquèrent le cours
Des deux astres par qui l'homme compte ses jours.
Leur savoir est borné; mais, sur des bases stables,
Des mouvements du ciel ils ont dressé des tables
Que la science encore interroge avec fruit,
Et qui de son histoire éclaircissent la nuit.

Près d'eux, un peu plus haut, l'Égypte et la Chaldée,
Ces pays du soleil, des arts et de l'idée,
Nous montrent tour à tour leurs prêtres, leurs pasteurs,
De la voûte étoilée ardents contemplateurs.

La Perse y joint les siens ; comme de blancs nuages,
Ils flottent vaguement dans leurs robes de mages,
Et paraissent de loin des nébulosités.

Sur ces groupes divers l'Ionie et l'Hellade,
Avec Alexandrie et ses maîtres vantés,
Épanchent des lueurs et forment la pléiade
Dont, mieux que Ptolémée, Hipparque, esprit fécond,
Est devenu le centre en ce ciel peu profond.
C'est à lui que l'on doit le premier astrolabe.

Plus tard, et plus avant dans les champs éthérés,
Où tant d'aspects obscurs restaient inexplorés,
Le génie attentif et perçant de l'Arabe
Pénétrait hardiment, et de la terre aussi
Éclairait plus d'un point encor mal éclairci.

L'Europe, à ce foyer dissipant ses ténèbres,
Forme un groupe étoilé d'astronomes célèbres,
Que domine et conduit Régiomontanus,
Dont l'esprit embrassait tous les mondes connus.

Mais du vrai jour des cieux ce n'est là que l'aurore :
Des esprits plus puissants enfin allaient éclore,
L'Occident allait voir se lever des soleils !
Oh ! comme avec ardeur ils versent sur la terre,
Vers les points noirs encor leurs feux les plus vermeils !
Les uns, dans une joie intime et solitaire,

Rayonnent à l'écart sur leurs monts escarpés.
Inégaux de grandeur, mais frères de génie,
En constellation d'autres se sont groupés :
C'est Copernic, Tycho, Kepler, Herschell, Newton ;
Tous de l'œuvre divine ils chantent l'harmonie,
Et rattachant la sienne à Dieu par un chaînon,
Laplace, enfin vaincu, confesse ce grand nom !

Près d'eux est Galilée ; il regarde la terre
Tourner sur elle-même ainsi qu'il l'avait dit,
Et par un mouvement qui semble involontaire,
Il s'approuve du pied, et chacun l'applaudit.

Puis tous sur les soleils ouvrant leurs grands yeux d'aigles,
Ils plongent de nouveau ; vont voir comment, pourquoi
Les corps qui paraissaient n'avoir ni freins ni règles,
Ne font qu'exécuter de point en point leur loi.

Ils voient par quel travail, légère et transparente,
Au lieu de se remplir de menace et d'effroi,
La comète n'est rien qu'une nuée errante *.
Ils voient comment Véga doit, dans douze mille ans,
Chasser la petite Ourse et devenir polaire ;
Comment la Croix du Sud, loin de ses cieux brûlants,
Fera briller au nord son front quadrangulaire.

---

* C'était le nom que donnaient déjà aux comètes Xénophon et Théon d'Alexandrie, le contemporain de Pappus (vers la fin du quatrième siècle). (Humboldt.)

Ils retrouvent le cours des astres disparus ;
Ils voient comment plusieurs s'éteignent ou blanchissent ;
Ils comptent les degrés que les plus prompts franchissent ;
Ils voient Aldébaran devancer Arcturus ;
Ils voient par quel attrait le mouvement solaire
S'unit, de globe en globe, au système stellaire ;
Tout ce qui leur semblait frappé de fixité,
Sur des axes de flamme ils le voient emporté !
Leur œil, pour les résoudre, atteint les nébuleuses.
Ces poussières de feu qu'on disait fabuleuses,
Vrais soleils, dont le jour, — fléchissons les genoux, —
Met des millions d'ans pour venir jusqu'à nous*,
En sorte que depuis bien des siècles, peut-être,
Il en est qui sont morts quand ils paraissent naître !

Et loin que l'infini, de ses gouffres sans fond
Épouvante leurs yeux, ils vont toujours, ils vont ;
Et par des hiatus, où toutes les comètes,
En liberté, pourraient écheveler leurs têtes,
Où rien n'apparaissait, ils voient, stupéfiés,
Des strates de soleils s'étendre sous leurs pieds,
Bancs de mondes flottants, après lesquels encore,
Et sans cesse, et plus loin, des mondes plus nombreux,
Comme l'herbe des nuits germent et vont éclore,

---

* Herschell estimait que la lumière émise par les dernières nébuleuses encore
visibles dans son télescope de 40 pieds (celui de Ross est aujourd'hui bien supé-
rieur), devait employer près de 2 millions d'années pour venir jusqu'à nous.
(*Cosmos*, Humboldt, t. 1, p. 175).

D'où la zone lactée, autre strate de feux,
N'est plus rien qu'une tache ou qu'un point nébuleux*!

Et, comme leur savoir, leur joie est sans limites,
Alors que revenant vers la Divinité,
Ils voient dans quel dessein, par des règles prescrites,
Où la grandeur se mêle à la simplicité,
Pour y rentrer sans fin tout sort de l'unité !

* Démocrite avait le premier avancé que la galaxie (voie lactée) doit son aspect
à d'innombrables étoiles trop éloignées pour qu'on puisse les distinguer.

CHANT QUINZIÈME.

——

LE BOUDDHA.

— Thébel, si j'ai pu voir à travers le mystère,
Dont tu viens de percer quelques coins ténébreux,
L'harmonie est la loi du ciel et de la terre,
L'unité, le lien qui les unit entr'eux.

Plaignons l'homme courbé, dont l'esprit vide et creux
Ne cherche d'aliments qu'aux bas-fonds de la vie ;
Fait du hasard son dieu, du doute son savoir,
Et n'éprouve jamais cette sublime envie
De lire au front des cieux leur règle et son devoir.

— Oui, poëte, les lois par qui les corps se meuvent
Font graviter aussi, dans leur double unité,
Les hommes vers un centre et vers la liberté.
Les mêmes passions les poussent, les émeuvent ;
Tous ne marchent pas droit dans le meilleur chemin ;
Plus d'un peuple se perd ; jamais le genre humain !
Rien n'obscurcit son but ; rien n'arrête sa marche,
Et rien de ce qui vit n'est exclu de son arche.

C'est toujours en avant qu'il plante son drapeau.
Il ne distingue point les races à leur peau ;
Il les mesure au cœur ! Et l'esclave négresse
Qui travaille, et nourrit du lait de sa tendresse
Les enfants sains et forts que ses flancs ont portés,
Qui vit d'une banane et chante dans sa case,
Est plus belle à ses yeux que ces blanches beautés
Qui viennent tous les ans des neiges du Caucase
Vendre au harem leur vice et ses stérilités.

Mais l'humanité sainte, en ce désordre impie,
Où la vertu s'éprouve, où la faute s'expie,
Poursuit toujours son œuvre, et, sans distinction
De race, de couleur, de mœurs, de nation,
Concentrant les efforts divers, et non contraires,
Ne tend à faire, un jour, sublime attraction,
Qu'une famille où tous les peuples seront frères.

Dieu, dans ce but suprême, a partout suscité
Des élus où son cœur immense a palpité.

Quelques-uns jusqu'au bout ont accompli leurs rôles ;
Le monde les a vus de leurs lèvres de miel
N'exprimer que le suc des plus douces paroles,
Des plus saintes leçons qui leur tombaient du ciel.

L'idée est comme l'onde, elle est pure à sa source !
Rien ne l'altère encore, et dans ce clair miroir,
Qui réfléchit l'azur, tout homme peut se voir.
Mais en creusant son lit, en poursuivant sa course,
Elle reçoit souvent les flots d'impuretés
Que le vice et l'erreur jettent aux vérités ;
Si bien que quand l'esprit a soif d'eaux cristallines,
Il lui faut remonter les temps et les collines.

Loin, bien loin de la sphère où l'œil perçant d'Herschell,
Armé du télescope, osa jauger le ciel,
Il est un lieu sans nom, un orbe sans orbite,
Qu'illumine l'amour, que l'esprit saint habite ;
Le seul qui, dans le temps et dans l'immensité,
Soit fixe devant Dieu comme la vérité.

Plus subtil que l'éther, plus virginal que l'aube,
Son jour, qu'aux yeux du corps sa nature dérobe,
Est le soleil de l'âme et lui fait voir comment
L'homme se divinise à force d'être aimant.

Autant Gaurisankar, le plus haut pic du globe,
Humilierait l'Atlas, s'il pouvait lui montrer

15

Son front que dans le ciel la terre fait entrer ; —
Autant l'astre brillant de sa propre lumière
Éblouit la planète en ouvrant sa paupière ; —
Dans la zone lactée, autant la région
Qui de l'Autel brûlant s'unit au Scorpion,
De la main et de l'arc que tend le Sagittaire
Au pied droit qu'en tremblant glisse le Serpentaire,
Sur tous les autres points de ce chemin des cieux
L'emporte en transparence, en clarté douce aux yeux,
En lueur opaline, en richesse stellaire ; —
Autant ce grand foyer, d'amour tout flamboyant,
Que jamais aucun corps en sa marche n'obombre,
Tient tout globe à distance et rend tout soleil sombre !

Cette sphère divine, accessible au voyant,
Dont l'âme toujours veille, et, d'extase en prière,
Dans sa spirale ardente attire la lumière,
Est fermée à l'esprit qui regarde sans voir,
Ou qui sait tout, hormis ce qu'il lui faut savoir.

Les poëtes parfois, dans leur audace sainte,
Viennent forcer le seuil de cette auguste enceinte,
Ou la prennent d'assaut sur leurs ailes de feu.
Mais nul ne va plus loin ; car au delà, c'est Dieu.

Osons de ce séjour aborder la lumière ;
Il nous faut remonter à sa source première,
La suivre dans son cours, et voir par qui, comment
Dieu répand sa rosée et sème son froment.

Mais nous ne toucherons au seuil sacré de l'arche
Qu'après avoir vaincu ces monstres de la nuit,
Ces hydres de l'erreur dont la mort est le fruit,
Et suivi jusqu'au bout dans leur pénible marche
Les guides inspirés, les esprits éclatants
Qu'allume l'Éternel sur les chemins du temps.

De ces maîtres divins qui gouvernent les âmes,
Et labourent les cœurs avec des socs de flammes,
Bien petit est le nombre, et plusieurs d'entre ceux
Qu'une partie, hélas! du monde, et la plus belle,
Place au plus haut degré de la divine échelle,
A peine ont entrevu ce centre lumineux
D'où part la vérité, d'où sortent les oracles,
Quand l'homme, au nom de Dieu, frappe à leurs tabernacles.

Vois cet esprit errant, au long regard si doux,
Que tant de millions de Chinois et d'Hindous,
De Ceylan à Siam, et dans l'immense zone
Qui, partant du Thibet, va franchir la mer Jaune,
Devant leurs saints Stoupâs, de reliques ornés,
Aux pieds de sa statue, invoquent prosternés.
Comme il s'anéantit dans ses flots d'amertume,
Et savoure ardemment le mal qui le consume!

C'est Çakia-Mouni, qu'un jour Bodhimanda,
Le siége de l'épreuve et de l'intelligence,
Vit s'élever enfin à la triple science,

Et sous l'arbre Bodhi devenir le Bouddha * !
Issu dans le Népâl d'une race solaire,
Fils radieux de roi, roi bientôt à son tour,
Pour mieux semer l'or pur d'une vie exemplaire,
Des suprêmes grandeurs il quitta le séjour ;
Et témoin attendri de l'humaine souffrance,
Dont la fatalité faisait saigner son cœur,
Mendiant, il cherchait à s'en rendre vainqueur,
Et s'en allait partout prêchant la délivrance.

Descendons jusqu'à lui ; car sur ces hauts sommets,
Où la lumière afflue, il ne s'assied jamais.
Dieu, dont les grands desseins sont pour nous un mystère,
Veut qu'il en soit ainsi, tout le temps que sur terre
Dans l'erreur qu'il creusa les âmes tomberont.

Et pourtant, et pourtant, comme son noble front
Respire la candeur et la mansuétude !
Le malheur des humains fait encor son étude :
« Pour triompher du mal sans cesse renaissant, »
Se dit-il, « détruisons le principe pensant. »
Et de la Bonne-Loi, tristement, feuille à feuille,
Il sème le Lotus dans le vide béant ;
Se penche sur le gouffre, et puis il se recueille,
Et s'assure si rien ne pousse du néant.

* La triple science, pour le Bouddha, c'était de mettre un terme irrévocable à
la vieillesse, à la maladie, à la mort. (Voir le *Bouddha et sa religion*, page 29 ;
par M. Barthélemy-Saint-Hilaire.)

O tendre cœur! te perdre avec tant de droiture!
Regarde donc plutôt au fond de ta nature ;
En n'allant qu'à fleur d'homme, enfant, tu manques Dieu !
Tu ne sais pas trouver de terme à la torture ;
Tu ne vois que le mal qui, sans trêve, en tout lieu,
Tranche le fil des jours pour renouer leurs trames,
Et tu vas enseignant l'éternité des âmes,
Leurs transmigrations à travers d'autres corps,
Abjects ou relevés, selon que dans la lutte
Elles auront grandi par d'incessants efforts,
Ou qu'elles s'en iront tomber, de chute en chute,
Au niveau, si ce n'est au-dessous de la brute!...
Ainsi devra tourner ton cercle oriental,
Jusqu'à ce que le temps, qui dans son cours fatal
Entraîne et fait sombrer les peuples et les mondes,
Vienne effacer enfin sous ses vagues profondes
Le mérite du bien et le défaut du mal.

O sombre destinée! ô funeste doctrine !
L'anéantissement! voilà ce que produit
Un ascète qu'en vain la charité conduit,
Car il ne sent pas Dieu battre dans sa poitrine.

Réformant les Védas et leur dogme inhumain,
Il a beau du salut élargir le chemin,
Admettre toute caste, accueillir toute race,
Être bon, être pur ; sa fausse loi de grâce,
En voulant mettre un terme aux transmigrations,
Mène au néant pour prix des saintes actions !

Tel est son Nirvâna : la paix dans le non-être,
Les délices de l'âme en ses extinctions !
Mais, ô pauvre chercheur, mieux eût valu peut-être
La foi d'un avenir que ton esprit ferma,
Et qui permet du moins à la mort de renaître
Pour s'identifier un jour avec Brahma.

Pitié, Seigneur, pitié pour sa sainte folie !
Voyez comme il s'attriste et comme il s'humilie !
Aux pauvres, aux souffrants, le long de ses sentiers,
Il donna son esprit et son cœur tout entiers,
Et de tous les humains que l'étude macère,
En répandant l'erreur nul ne fut plus sincère.
Il haïssait le mal, il n'aimait que le bien ;
A force de vertus il devenait chrétien,
Lorsque ce nom béni, qui chante vos louanges,
Ne résonnait encor qu'aux lèvres de vos anges*.

Ah ! s'il avait connu votre Fils bien-aimé,
De quel amour fécond il se fût enflammé !
Humble et grand, pas à pas, il eût suivi sa trace,
Et l'Asie opprimée aurait sa loi de grâce,
Et saurait que la vie, au lieu d'être le mal,
Est un bien qui grandit sous le sceau baptismal,
Une épreuve, un combat de l'homme avec lui-même,
Avec les éléments qu'il doit aussi dompter ;
Que vous êtes, Seigneur, le seul maître suprême,
Et que tout autre joug est funeste à porter.

* Le Bouddha est né l'an 607 avant Jésus-Christ.

Pitié, pitié pour lui !... Mais rien, tout fait silence !
Et, morne, le Bouddha dans le vide s'élance,
S'y plonge, et du néant toujours plus éperdu,
Il aspire à s'y perdre et n'est jamais perdu ;
Et de l'horreur de vivre horriblement sublime,
Il pousse un long soupir que rejette l'abîme.
Mais, poursuivant sans fin l'erreur qu'il déchaîna,
Comme dans l'ouragan le pétrel procellaire,
Il se jette au plus fort des tempêtes qu'il flaire,
Et crie à tous les vents : Nirvâna ! Nirvâna !...

Et trois cents millions de croyants sur la terre
Répondent à ce cri que le ciel fera taire,
Lorsque viendra le temps de dire : Levez-vous,
A ces peuples tombés qui marchent à genoux !

Pourtant, si la grandeur des races se mesure
Au vol de leur génie, à sa large envergure,
Aux élévations de l'âme et de l'esprit,
Ces peuples du soleil qui parlaient le sanscrit,
Qui sur les bords du Gange enfantaient des poëmes
Immenses, radieux, beaux comme l'Orient ;
Ou sur leurs monts sacrés méditant et priant,
De toute idée à fond pénétraient les problèmes ;
Ces peuples, dont encor quelques grands monuments
Font l'orgueil de la terre et ses étonnements,
Demeurent sans rivaux parmi ceux que la gloire
Revêt de plus d'éclat dans la nuit de l'histoire.

Mais leurs préceptes saints qui, dans des temps meilleurs,
Gardés fidèlement gardaient aussi les mœurs,
Lettre morte aujourd'hui dont regorgent les codes,
Ne gardent guère plus que les vieilles pagodes.
Gravés sur tous les murs, ils s'effacent des cœurs,
Et les laissent en proie à des cultes infâmes
Qui torturent les corps, abrutissent les âmes.
Et ni Confucius, ce sage qui donna
L'exemple et la leçon des vertus les plus saines
Que Dieu puisse inspirer, tant elles sont humaines !
Ni le livre des sorts auxquels il s'adonna ;
Ni les lois de Manou, ni tout le Brahmana,
Ni le feu ravivé qu'adorait Zoroastre,
Ne parviendront à rien qu'à faire lever l'astre
Qui doit chasser du ciel la nuit du Nirvâna.

Ces esprits cependant ont droit à nos hommages.
Vois ! ils jettent toujours, à travers leurs nuages,
Une flamme qui tremble à je ne sais quel vent,
S'incline, et puis bientôt monte en se ravivant.
La mort n'a pas éteint cette soif de lumière,
Dont l'âme, qui jamais ne ferme sa paupière,
Emporte, aigle blessé, les aiguillons de feu.
Ils n'auront de repos qu'ils ne l'aient tout entière,
Qu'ils ne soient arrivés à la source première,
Où toute soif enfin va s'étancher en Dieu !

CHANT SEIZIÈME.

MAHOMET.

— Plus j'écoute ta voix, plus elle me pénètre,
Thébel, et rend ardent mon désir de connaître.
Poursuivons, à travers ce ciel sombre et fatal,
La raison de la vie et la règle des choses,
Ces sources de bonheur qui semblent s'être closes
Aux aspirations du monde oriental.
Que cet espace est vide et désolé! regarde!
L'étoile y jette à peine une lueur hagarde ;
On dirait un désert, au milieu de la nuit,
N'ayant pour s'éclairer que la lune qui fuit!
Mais quel est cet esprit dont la tête domine
Ce flot de peuple ému qui devant lui s'incline?

Il prend à notre aspect un air bien assuré.
Le front ceint d'un turban, qui rehausse sa mine,
Il vient armé d'un livre et d'un glaive acéré,
Et sa voix douce et grave a l'accent inspiré.
Il prie ! et cependant, quand ce grand front se courbe,
On doute, tour à tour, s'il est sincère ou fourbe.

— Cet esprit qu'un instant l'Éternel regarda,
Et que tu vois monter plus haut que le Bouddha,
— Que le Bouddha, dont l'âme à la neige des cimes
Va prendre leur candeur pour se fondre aux abîmes, —
C'est Mahomet ! voilà ses kalifes ardents,
Qui, comme leurs coursiers, prenaient le mors aux dents,
Et fougueux zélateurs de la foi de leur maître,
Et de sa mission plus sûrs que lui peut-être,
Voulaient inoculer, le cimeterre en main,
Le virus de l'Islam à tout le sang humain.

A ses côtés tu vois Khadidja, son épouse,
Puis la jeune Ayéska, la plus belle des douze
Que ce prophète en feu, comme l'astre du jour
A qui du zodiaque il faut les douze signes,
Sous leurs toits de palmier visitait tour à tour,
S'enivrant dans leurs bras de rêves et d'amour
Comme un cèdre puissant sous l'étreinte des vignes.
Pour bien d'autres encore il s'était enflammé ;
Plus d'un membre fervent de sa propre famille
Vit passer dans sa couche ou sa femme ou sa fille !

Il se disait meilleur quand il avait aimé,
Et sa prière au ciel n'allait jamais plus sainte,
Croyait-il, qu'au sortir d'une charnelle étreinte.

Tout ce qui lui fut cher dans la joie ou le deüil,
Tout ce qui lui prêta son dos ou sa mamelle,
Doldol sa blanche mule, et Coswa sa chamelle,
L'entoure, et semble encor frémir de son orgueil.

Au récit qu'il lui fait de sa noble origine,
En caressant sa croupe, en flattant de la main
Son flanc ému qui bat comme le cœur humain,
Le coursier d'Arabie allume sa narine :
« Le vent du sud a pris un corps pour te former,
« Et de son souffle Allah voulut bien t'animer !
« Tu hennis puissamment, tu bondis dans ta course ;
« De biens et de plaisirs ta vie est une source,
« Et quand l'homme te monte en t'adressant ces mots,
« Il t'élève au-dessus de tous les animaux. »

Ainsi dit Mahomet, et la sublime bête
Dans les déserts sans fin emporte le Prophète,
Regarde comme au loin il soulève en son cours
Des tourbillons de peuple au vent de ses discours!
Où va-t-il? où s'en va l'esprit de la tempête,
Où s'en vont les transports des âmes en tourment.
Suivons-le de plus près. Mais voilà qu'il s'arrête !
Il tombe ! Qu'a-t-il donc ? il est tout écumant !

L'extase l'a saisi ! trompé par des mirages
Dont il fait à nos yeux subir l'illusion,
Tant est puissante en lui l'imagination,
Il voit sur des lacs bleus flotter d'épais ombrages.
Il voit l'Hedjaz*, il voit ses plateaux altérés,
Qui distillent le baume et boivent les orages,
L'élever vers le ciel de degrés en degrés.
Il contemple Damas, dont les mille fontaines,
Et la nacre, et la soie, et les aciers ouvrés
Attirent les flots d'or des régions lointaines.
Il voit avec amour la Mecque, son berceau,
Et Médine qui prie en gardant son tombeau.
Il voit des pèlerins les longues caravanes
Traverser le désert, et gagner les savanes
De l'Arabie Heureuse où fleurit l'Yémen.
D'Agar et d'Abraham il consacre l'hymen,
D'où sortit Ismaël, la tige de sa race,
Qu'entre toutes Allah doit combler de sa grâce !
Cette race, il la voit combattant et priant
Lui soumettre l'Afrique et l'extrême Orient.
Il voit Bagdad, Cordoue et leurs riches mosquées,
Et les faveurs du ciel en son nom invoquées.
Il célèbre Moïse, il rend gloire à Jésus,
Qu'il dit très-doux, très-haut pour se mettre au-dessus ;
Il pille l'Évangile, et, poursuivant sa voie,
Il va criant partout que c'est Dieu qui l'envoie.
Sa preuve est le Coran. L'archange Gabriel

---

* L'Hedjaz signifie Pays des Degrés.

Lui dicta mot pour mot ce livre écrit au ciel;
Il l'affirme, et si bien qu'on finit par le croire,
Et qu'il parvint lui-même à le croire à son tour.
Que voulait-il? Après cette double victoire,
Remportée à genoux, il voulait, au grand jour,
Réaliser son rêve et fonder, par la gloire,
Par Allah, par la chair, par le glaive brandi,
Un des plus étonnants monuments de l'histoire
Que jamais ait conçu l'esprit le plus hardi;
Et jamais si sublime et si funeste idée
Par le concours des temps ne fut mieux secondée.

Du nord à l'occident, de l'aurore au midi,
L'Asie offrait alors le plus triste spectacle
De croyances, de mœurs et de lois en débâcle,
Comme après les hivers, lorsque l'air attiédi
Fond les glaces du pôle, et jette à chaque rive
L'image du chaos flottant à la dérive.
Au feu des passions par leur choc agrandi,
Tout craquait, tout fondait, trônes et tabernacles;
On eût dit qu'ébranlé jusqu'en ses fondements,
Le ciel comme la terre avait ses tremblements,
Et que le Christ lassé ne rendait plus d'oracles!
— « Eh bien! moi, Mohammed, je dicterai les miens, »
Dit-il, se redressant dans son humble superbe,
« Allah n'aura que moi pour prophète et pour verbe:
Je suis son paraclet, il m'appelle, et je viens.
Aux éclairs du Coran et de mon cimeterre,

Mieux que le Sinaï j'enseignerai la terre !
A la kabbale juive, aux superstitions,
Qui vont divinisant toutes les passions,
D'un seul Dieu, pur esprit, substituons l'idée,
Et faisons-la partout si grande, que jamais
Les nuages humains n'atteignent ses sommets !
Étouffons dans Saba les feux de la Chaldée ;
Plus d'idoles ! à bas, à mort tous les faux dieux !
Vive Allah ! rien qu'Allah ! mais vivent d'autres cieux !
Créons un paradis de parfums et de femmes * ;
L'homme est fait pour aimer ; qu'il aime donc toujours ;
Que l'amour soit le prix de la vertu des âmes,
L'enivrement charnel des célestes séjours.

« Fleurissez, frais édens ; champs du ciel, tièdes ondes,
Nuancez-vous d'azur et de lumières blondes.
Chrysalides, ouvrez votre aile au feu du jour,
Faites de fleur en fleur papillonner l'amour,
Et diaprez les airs de l'émail des prairies.
Rêves, où tout est miel, sourire et pierreries,
Où l'on croit à des biens, à des félicités
Plus suaves cent fois que les réalités ;
Charmes interrompus, ineffables mensonges,
Renouez vos fils d'or tissés par le sommeil,
Et qu'au plus doux moment vient rompre le réveil ;

---

* Ce paradis est, à quelques détails près, tel que l'avait conçu Mahomet lui-même dans un rêve extatique. A la prière de ses disciples scandalisés, il le réduisit à l'abrégé qu'on trouve dans le Coran.

Vivez!.., j'ai raffermi le firmament des songes!
Au chevet des coteaux j'ai couché les vallons!
Là sur l'encens des fleurs, dans des flots d'harmonies,
Avant l'aube et le chant des nids dans les sillons,
Je balance pour vous des demeures bénies,
Palais aériens, merveilleux pavillons,
D'arabesques brodés par la main des génies!

« Et vous, qui m'endormiez sous vos palmes unies,
Doux palmiers du mystère arrondis en berceaux,
De jasmins enivrants étoilez vos arceaux.
Qu'aux soupirs de Bulbul les cascades sonores,
Peignant dans l'arc-en-ciel l'écharpe de leurs eaux,
Tombent, folles d'ivresse, au pied des sycomores ;
Et que pour contenir leurs ébats écumants,
Sous des bosquets jaspés de nacre et d'hyacinthe,
Dans des lits d'ambre jaune, au bord des diamants,
Elles aillent mêler aux soupirs des amants
Le soupir éternel de leur volupté sainte.
Que la vigne lascive étreigne dans ses bras
La pudique grenade et les pâles cédrats.
Collines, distillez de vos vertes mamelles
Un cristal aussi pur que le lait des chamelles ;
Et qu'un philtre enflammé d'amour et de désirs
Vienne, de coupe en coupe, enivrer les loisirs.
Tous les biens à la fois, je veux les voir éclore ;
Je veux tous les plaisirs cueillis par tous les sens ;
J'en veux à pleines mains, j'en veux toujours, encore ;
Je les veux assouvis, je les veux renaissants !

Je veux que les oiseaux aux fleurs fassent entendre
Leur plus vive chanson de leur voix la plus tendre.
Je veux que le printemps se marie à l'été
Et crée une saison qui n'ait jamais été ;
Que le fruit, dont le miel a des perles qui pleurent,
Convie à l'exprimer les lèvres qui l'effleurent,
Et que partout la rose entr'ouverte au zéphir,
Perpétue, à travers des baisers de saphir,
L'emblème de l'hymen, l'image des délices !

« Et, pour mettre le comble à toute volupté,
Pour que tout soit amour dans ce ciel enchanté,
Venez, de ce bonheur faites-vous les complices,
Venez toutes, prenez, ô célestes houris,
Et vos plus beaux attraits et vos plus doux souris ;
De l'amour sur vos seins éternisez les flammes !
Le plaisir de la chair, par moi déifié,
Aura bientôt raison du grand Crucifié,
Et l'appétit des sens me livrera les âmes !.....

« Mais je m'inclinerai devant les coups du sort ;
Et s'il est cru fatal*, j'ai la vie et la mort ;
Et rien qu'avec ces mots : c'était écrit ! je lance
Un arrêt qui réduit l'univers au silence ! »

* Sans doute Mahomet n'a pas prêché le fatalisme, mais ne pouvant le détruire, il en a profité au détriment des peuples qui, en embrassant sa doctrine,
ont gardé cette erreur funeste et en ont fait le fond de leur croyance.

Et toutes les tribus du désert et du Tell,
Et tous les ruminants que l'Afrique et l'Asie
Voient s'enivrer d'opium ou mâcher le bétel,
S'inclinent à sa voix, et, pris de frénésie,
Se passent le poison qu'ils boivent tour à tour,
Comme un philtre qui tue en ravivant l'amour.

Et la contagion de proche en proche gagne ;
La Syrie, et la Perse, et l'Inde, à l'occident,
De la nouvelle loi subissent l'ascendant.
Puis, de la rive maure elle passe en Espagne,
Va par les archipels, franchit les monts altiers,
Et si le redoutable aïeul de Charlemagne,
Charles Martel, un jour, aux plaines de Poitiers,
Ne refoule Abdérame et son principe immonde,
C'en est fait de la France et peut-être du monde !

Mais Dieu ne permit point qu'un pays aussi beau,
Où toute grande idée allume son flambeau,
Vît ses enfants bâtir de nouvelles Médines,
Et passer, âme et corps, sous les fourches caudines
D'une religion qui ne reliant rien,
Implacable aux vaincus, fatale et polygame,
Ne sait point relever l'esclave ni la femme,
Et dont la haine encore a soif de sang chrétien !

Je sais bien qu'à côté de sauvages sectaires
Organisant la mort de peuples tout entiers,

L'Islam a des croyants plus humains, quoique altiers ;
Race grave et rêveuse, aux paroles austères,
Qui, libre en ses déserts, forte et vivant de peu,
Marche, depuis mille ans, en présence de Dieu,
Et que plus d'un penseur, à cette grande idée,
Se sent pris d'un respect qu'il doit à la Judée.

Je sais que, chaque jour, le muezzin, par trois fois,
Du haut des minarets annonce la prière,
Et que peuple et sultan s'inclinent à sa voix,
Et s'élèvent à Dieu le front dans la poussière ;
Que l'aumône est sans cesse aux lèvres de l'iman,
Et qu'elle est de rigueur pour tout bon musulman ;
Que l'hospitalité, suivant l'usage antique,
Envers tout voyageur au désert se pratique.
Je sais que par delà le bienheureux séjour
Où tant d'adorateurs iront faire l'amour,
Dans le septième ciel, plus haut peut-être encore *,
Aux quintessenciés Mahomet fait éclore
Un autre paradis moins charnel, moins grossier ;
Mais tous ou presque tous s'arrêtent au premier.
Et ni le Ramazan que le mufti proclame,
Ni le jeûne ordonné, ni les vins interdits,
Ni les ablutions qui ne lavent point l'âme,
Ne rallument en eux assez de pure flamme,
Fussent-ils du sérail les imans-effendis,
Pour leur faire envier un meilleur paradis.

---

* On compte jusqu'à neuf cieux dans la religion musulmane.

Et dès lors, cette foi sur ses fruits est jugée.
Et n'ayant plus le fer qui l'avait propagée,
Ce glaive qu'au galop du coursier musulman,
Jadis, de ses deux mains, brandissait Soliman,
Et qui faisait bondir à leur double apogée
La gloire et la terreur de l'empire ottoman ;
Cette foi qui se rouille avec son cimeterre ;
Ce grand mancenillier d'où transsude la mort
Aux peuples qu'il abrite et que son ombre endort,
S'écroulera sur eux et rentrera sous terre.

En quel temps ? Nul ne peut le savoir, excepté
Celui dont le Coran tient si haut l'unité,
Cette unité sublime, à la Bible ravie,
Ce larcin qui l'honore et prolonge sa vie.

Oui, la foi de l'Islam, avec ce dogme hébreu,
Longtemps trouvera grâce encore devant Dieu.
Qui sait, dans ses desseins, s'il ne l'a pas choisie
Pour préparer l'Afrique et pour ouvrir l'Asie
Aux viriles amours d'une religion
Qui perçant de la mort la sombre région,
Viendra les pénétrer de ses fécondes flammes,
Et relevant les cœurs, les esprits et les âmes,
Rendra le libre arbitre à ce monde fatal,
Et la pure lumière au ciel oriental ?

Poursuivons. Nous voilà dans la sphère où les Guèbres,
Les Parsis, les Madjous, adorateurs du feu,

Qu'adorèrent jadis des peuples si célèbres,
Pensent tout éclairer et ne font que ténèbres.
Ils ont beau l'attiser, l'entretenir, ce dieu,
Ce dieu soleil, Mithra, — dont le beau nom figure
Dans les hymnes sanscrits, — se morfond de froidure,
Et, malgré lui cruel, verse à ce peuple humain
Des rayons égarés qui gèlent en chemin.
Mais leur robuste foi n'en est que plus fervente,
Et s'accroît des mépris dont ils sont abreuvés.

Vois avec quel respect, honnis et réprouvés,
Conspuant, à leur tour, le Coran qu'on leur vante,
Ils feuillètent leur livre, et méditent encor
Sur ce dépôt transmis comme un divin trésor.

Ce livre, dont l'auteur dans sa langue savante,
Porte un nom radieux, le nom d'Étoile d'or *,
Est le Zend-Avesta, la parole vivante.
Qu'on ne sait en quel temps Zoroastre écrivit.
Son culte du soleil eut pour prêtres ces mages
Que la Perse et l'Égypte environnaient d'hommages,
Et ce vieux dogme encore à leurs grandeurs survit.
Deux principes rivaux s'y disputent la place,
Et leur combat sans fin fait de la terre un camp
Où le bon au mauvais cède de guerre lasse,
Où le trône de Dieu reste toujours vacant.

* On prétend que Zoroastre signifie Étoile d'or.

Quant à tous ces esprits, fantastiques peuplades
De sylphes et de djinns, de goules et de nains,
Qui, les uns malfaisants, et les autres bénins,
Par les monts, les forêts, les mers et les cyclades,
Vont tourmenter les gens ou bien les réjouir,
Souffle, tu vas les voir soudain s'évanouir !.....

Mais fouillons dans leur nuit ces sphères mal sondées,
Que l'Inde voile encor de mystères confus,
Sanctuaires d'horreurs, forêts vierges d'idées,
Qui distillent la mort de leurs rameaux touffus.
Dévoilons le néant qu'abritent ces vieux dômes.
De leur sombre appareil dépouillons les fantômes ;
Cherchons ce qu'aux humains ont pu montrer ces dieux
Sous des formes de brute avec des fronts pleins d'yeux.

Sur le taureau Nandi, vois ce monstre à cinq têtes,
Portant les attributs des symboliques fêtes,
Le Lotus, le Cerf nain, la Roue et le Trident,
Et du mont Kailaça gagnant les sombres crêtes.
Mais tout à coup voilà qu'il pousse un cri strident !
Ne le perds pas de vue, il va changer de forme ;
Il en change, regarde ! il monte un tigre énorme,
S'enlace de serpents, qui font peur à l'Hindou,
Et de crânes humains qu'il passe autour du cou.

C'est Siva ! c'est le dieu destructeur de la vie,
Ou plutôt qui la crée à l'aide de la mort.

Ce dieu, depuis mille ans, devenu le plus fort,
A son culte charnel tient la foule asservie.
Le Lingam qu'elle porte, et que d'un autre nom
On nommait sous le ciel d'Isis et de Memnon,
Par la race de Cham coutume encor suivie,
Le Lingam qu'elle porte est l'ornement grossier
Sans lequel nul dévot n'oserait le prier.

Cet autre, c'est Brahma, fils du Brahme suprême.
Principe créateur, quoique créé lui-même,
Sa puissance est sans borne, et la religion
Que l'Inde suit encor s'appelle de son nom.
C'est le premier des dieux actifs. Quant au troisième
Que tu vois s'avancer, comme un triomphateur,
Sur un char colossal dont chaque roue écrase
Ce peuple délirant qui croit, dans son extase,
Victime volontaire et sacrificateur,
S'ouvrir un paradis d'éternelles délices
En se précipitant au-devant des supplices,
Celui-là, c'est Vischnou, le dieu conservateur !

Ces trois dieux en un seul, devant qui tout s'incline,
Différents de pouvoir, mais pareils d'origine,
Forment la Trimourti, sorte de Trinité,
En qui Para-Brahma, l'être par excellence,
L'Incréé, l'Invisible, incarne son essence,
Et sans jamais sortir de l'immobilité,
Manifeste sa force avec sa volonté.

Mais par bien d'autres dieux son pouvoir passe encore,
Et la meilleure part en est aux plus méchants.
Comme ils ont perverti les plus nobles penchants !
Vois avec quel plaisir cruel de minotaure
Ils savourent la joie et les soupirs touchants
De ces veuves en deuil que le bûcher dévore !
Dénaturant les cœurs, étouffant le remord,
Ils font du suicide une vertu sublime,
Et donnent, en parant le deuil de la victime,
L'air joyeux d'une fête aux horreurs de la mort !

Bien plus, pour couronner de gloire ce supplice,
Il faut que le soleil devienne leur complice,
Et c'est lorsqu'il annonce un jour riant et pur,
Quand le ciel, à travers l'émeraude et l'azur,
Fait gazouiller l'amour dans tous les nids de mousse
Et convie au bonheur de sa voix la plus douce,
Qu'ils osent à sa face allumer un tombeau,
Et d'une vie aimante éteindre le flambeau.

Et la foule accourue à cette horrible scène,
La contemple et la suit d'une âme si sereine,
Exhale dans les airs des accents si pieux,
Que moi-même, naguère, attirée en ces lieux
Dont l'écho m'apportait tant de rumeurs étranges,
A ces hymnes j'allais confondre mes louanges,
Quand une odeur de chair, mêlée à cet encens,
Vint soulever d'horreur mon esprit et mes sens.

On dit — car toute absurde et funeste pratique
Rencontre sous la lune un penseur qui l'explique,
La trouve salutaire et lui donne raison ; —
On dit que ces bûchers prévenaient le poison
Que versait, goutte à goutte, une épouse fidèle
A son maître inconstant qui ne voulait plus d'elle.
Depuis, contre la mort chaque époux assuré
Peut varier de femme et de vice à son gré :
Pour ses jours précieux ce n'est plus lui qui tremble,
Le bûcher le protége et l'absout tout ensemble,
Et, la torche à la main, le brahmine vient voir
De quelle ardeur le feu fait brûler le devoir...

Anathème à ces dieux ! anathème à ces prêtres,
Qui, vivant des erreurs qu'ils gouvernent en maîtres,
Pour les perpétuer les parfument d'encens,
Et font mentir les cris des âmes et des sens !

C'est par eux, c'est pour eux qu'avide de torture,
L'ascète saintement forfait à la nature.
Ce sont eux, dont la foi, sans pitié ni pardon,
Changeant en bête fauve un peuple simple et bon,
A fait les parias, ces morts vivants d'un monde
Où leur vue est funeste et leur contact immonde ;
Eux encor qui, de par Brahma, Siva, Vischnou,
Prescrivent une horreur également profonde
Pour tout homme privé du bonheur d'être Hindou.

Eh bien! ce culte impie, audacieuse injure
Jetée au front du ciel qu'il voue à l'imposture ;
Cette religion qui barre le chemin
A la marche du temps et de l'esprit humain ;
Qui, pour purifier les cœurs de leur souillure,
N'a que les eaux du Gange et du Brahmapoutra,
Des cieux qu'elle obscurcit un jour disparaîtra...

A ces mots un bruit sourd, comme un grand vent qui passe,
Sortit des profondeurs et remua l'espace.

Thébel, dont les regards venaient de se fixer
Sur un point lumineux qui semblait s'avancer :
— L'œuvre, dit-elle alors, de la pensée humaine
Se manifeste ici : le ciel est son domaine ;
Elle y refait la terre, et laisse voir comment,
Sous l'œil ouvert de Dieu, germe l'avénement...
Ainsi que le soleil, l'esprit a sa lumière
Qui, dans les temps anciens, s'en allait s'épanchant
Des pays de l'aurore aux rives du couchant.
L'astre aujourd'hui remonte à sa source première !
Mais sa flamme a besoin de voiler son retour
Pour ne pas offenser les yeux par trop de jour.

Vois comme elle se glisse et lentement pénètre
Ces pays du soleil où Dieu l'avait fait naître.
Timide encore et presque invisible à l'œil nu,
On dirait qu'elle a peur d'aborder l'inconnu.

Elle marche pourtant, et, pareille à l'étoile
Qui tremble sur la nue en déchirant son voile,
Elle vient annoncer l'espérance aux maudits ;
Car elle a des reflets de celle qui jadis
Mit trois rois à genoux devant une humble crèche.

Contre ce jour levant, en vain, le dos tourné,
Le bonze prie et jeûne, et semble illuminé ;
En vain, en plein soleil, l'ardent brahmine prêche,
S'attendrit, pleure, tonne et lance des éclairs ;
Le vent siffle le prêtre et bat le temple en brèche.

Des frémissements sourds courent le long des mers.
De tous les points du ciel, entends-tu dans l'espace,
De vigie en vigie, un mot d'ordre qui passe?
De lamentables voix, des soupirs éloquents
S'épanchent dans les nuits du cœur des pélicans.
Les troupeaux de pétrels, qui paissent sur les ondes;
Les albatros pensifs, condors des océans,
Qui s'en vont recueillir ce que les flots béants
Aiment à leur jeter d'amertumes profondes,
De secrets que l'abîme est las de retenir;
Les grands aigles, dont l'aile aux larges envergures,
Et les yeux pleins d'éclairs sont tout chargés d'augures;
Les cygnes qui du ciel gardent le souvenir,
Tous, à l'appel de Dieu présents, et sentinelles
Prêtes à faire feu de leurs rouges prunelles,
Poussent des cris aigus qui percent l'avenir.

Tous les vieux préjugés, toutes les vieilles roches
Tremblent, et de leur fin pressentent les approches.
Avec leur langue morte et leurs dieux énervants,
Les Védas ne sont plus le livre des vivants.
Leurs castes ont en vain sur les hiérarchies,
A l'exemple des monts thibétains qu'à leurs yeux,
De degrés en degrés, l'Asie attache aux cieux,
Étagé puissamment d'immenses monarchies ;
Le temps, qui ronge tout, a rongé leur granit,
Et l'astre oriental tombe de son zénith.
Le voilà qui s'éteint dans le sang et la boue,
Et l'Inde, sans pouvoir jamais le raviver,
L'âme et le corps meurtris, et fouettée à la joue,
Riche et mourant de faim, tourne, sans se sauver,
Tourne éternellement son éternelle roue !

Mais ce cercle fatal, tournant toujours ainsi,
S'arrêtera : la Roue a broyé sa science ;
L'heure ne se voit plus sur son cadran noirci ;
Le grand régulateur, l'humaine conscience
Brisera sans pitié ce qui fut sans merci.
Cette empreinte de fer que l'Inde et que la Chine,
Si diverses de mœurs, de langue et d'origine,
Depuis quatre mille ans, ont reçue au berceau ;
Cette forme, dont rien, quand tout change autour d'elle,
N'a pu changer le moule, et qui semble le sceau
Que la nature imprime à son œuvre éternelle,
Tant à son premier type elle reste fidèle ;

Oui, ces grands blocs humains, par le soleil figés,
Sous les marteaux de Dieu seront tous reforgés.
En aucun lieu jamais le mal ne s'éternise :
Le désert eut Palmyre, et l'écueil a Venise ;
L'or des moissons ondoie où dormaient les marais,
Le fleuve rompt sa glace, et l'esprit ses arrêts !

— Thébel, si le destin ouvre à tes yeux son livre,
Le jour que tu prédis va-t-il bientôt venir ?

— Ami, c'est le passé qui prédit l'avenir ;
La nature a des lois qu'elle suit et fait suivre :
Le mal met à mourir le temps qu'il mit à vivre.

— Mais si pour l'Orient les siècles sont des jours,
Du mal dont il se meurt il peut mourir toujours.
Puis comment retremper ce caractère étrange
De peuples si déchus et si fiers de leur fange ?
Ils ont muré sur eux l'erreur comme un tombeau !
Qui donc rallumera leur vie à son flambeau ?

— La Vérité, dont rien ne prescrit la lumière ;
Qui laisse, allant toujours, leur borne aux faux savants ;
Il n'est, pour l'arrêter, ni climat ni barrière ;
Elle donne à semer son grain à tous les vents,
Ouvre la vie aux morts et le ciel aux vivants !

CHANT DIX-SEPTIÈME.

—

MONDES GRECS

Ainsi parlait Thébel ; et moi, d'un œil avide,
Tandis que nous fendions le silence et le vide,
Je regardais courir, et nous tendre leurs mains
Les hôtes effarés de ces vagues royaumes,
Qui ressemblaient de loin aux arbres des chemins
Qu'en passant dans la nuit on prend pour des fantômes,
Lorsqu'un souffle plus vif, venu je ne sais d'où,
M'avertit que j'avais franchi le cercle hindou.

Des courants dont jamais les ancres ni les sondes
N'ont connu les récifs, n'ont déchiré les ondes,

Emportaient notre nef vers des rives sans port,
Des cyclades sans fin, et des caps sans abord.
C'était comme un chaos où s'ébauchaient des mondes ;
C'étaient des changements à vue, à grands effets,
Dont les opérateurs semblaient moins stupéfaits
Que tous ces vains produits ne l'étaient de leurs causes.

Ceux-ci formaient le monde avec quatre éléments.
Ceux-là n'en prenaient qu'un pour faire toutes choses.
D'autres passaient le tout par les métempsycoses,
Et chacun était fier de ses enfantements,
Et les berçait au bruit de ses belles paroles.
Et moi j'ouvrais les yeux à ces créations,
Simulacres de vie, informes embryons
De mondes mal conçus, mal fixés sur leurs pôles,
Qui s'évanouissaient comme des visions,
Sauf à jouer plus tard, ailleurs, les mêmes rôles.

Soudain, je sens sur moi de petits corps pleuvoir ;
De çà, de là, partout, ils semblaient se mouvoir,
Et se livrer parfois à des danses si folles,
Que dans leur tourbillon j'avais peine à me voir.
Je me crus sur la terre alors que, par volées,
Mars nous jette en passant ses froides giboulées.

J'en étais tout transi. Thébel, sans s'émouvoir :
— Ami, nous traversons le vide où les atomes,

Mus par je ne sais trop quel souffle aérien,
Et chargés de créer les mondes et les hommes,
S'accrochent l'un à l'autre et ne produisent rien.

Mochus est l'inventeur de ces corps atomiques,
Qu'Épicure, là-bas, réchauffe de ses feux ;
Par le concours fortuit de ces êtres cosmiques,
Il joue à l'univers, qui se rit de ses jeux.

Et cependant, ami, cet étrange système,
En dépit du hasard dont il a fait son Dieu,
A des reflets brillants de la vérité même,
Et je ne lui dis point un éternel adieu.

— Je m'inclinai devant ces mondes que Lucrèce
A, dans ses vers latins, renouvelés du grec,
Et qu'un moment je fis tressaillir d'allégresse,
Quand je leur récitai, touché de leur détresse,
Cet hymne, qui jamais ne subira d'échec,
Cette invocation, qu'en sa sereine ivresse,
A Vénus Génitrix l'ardent poëte adresse.
Et puis, du vide au plein, et de l'humide au sec,
Passant et repassant, et m'étonnant sans cesse
D'échapper sain et sauf à tous ces univers,
Si brusquement formés d'éléments si divers,
Je croyais en finir, lorsque d'autres encore,
Qui du nord, qui du sud, qui venus de l'aurore

Avec Manou l'Indien, ou le Chinois Fohi,
A leur éclosion me tenaient ébahi.

Ceux-ci sortaient d'un œuf ; ceux-là, du sein des ondes.
L'un, dès les premiers pas, par ses forces trahi,
S'arrêtait ; l'autre, après des courses vagabondes,
Se perdait dans l'espace où, sans savoir comment,
Étant né de la terre, il devint firmament !

Et j'allais, et j'allais emporté par ces mondes,
Qui me faisaient courir de périlleux hasards,
Quand un nouveau spectacle attira mes regards.
De même que l'on voit du haut des mers profondes,
Surgir ces pics neigeux, qui ne sont rien d'abord
Qu'un point, mais dont l'aspect encor vague, s'azure,
Se dessine, grandit et s'étale à mesure
Que le vaisseau lointain se rapproche du bord ;
De même je voyais poindre à l'état de doute,
Puis s'élever, s'étendre et s'arrondir en voûte,
Une espèce de ciel qui semblait de cristal,
Et nous emprisonner ainsi qu'en un bocal.

Notre nef y passa comme dans un fluide,
A la surprise extrême, à la confusion
D'un groupe de savants qui, l'ayant fait solide,
Tenaient leurs yeux ouverts devant sa fusion,
Et disaient : « C'est l'effet de quelque illusion. »

Et les raisonnements pour appuyer leur dire,
A force de raisons allaient jusqu'au délire.

Thébel me regardant : — Jugeons, mais sans mépris,
Les erreurs où parfois tombent de hauts esprits.
Les sublimes chercheurs portent double visage :
L'un peut sembler d'un fou, l'autre est celui d'un sage.
Qui sait? sans les écarts de leur génie ailé
Plus d'un secret divin serait encor voilé.
L'idée a son ivresse ainsi que la ménade,
Elle peut de l'atome aller à la monade ;
Mais elle atteint aussi les monts vertigineux :
Aigle, à côté de l'aigle, elle y fait son ouvrage,
Laboure l'inconnu, le stérile et l'orage,
Et les rend tour à tour féconds ou lumineux.

———

Nous allions explorant ainsi tous ces vieux mondes
Qui, fils de l'air, du feu, de la terre ou des ondes,
Tantôt prenaient l'aspect de grands Léviathans,
D'énormes Béhémoths, tels que parfois, en rêve,
On en voit remuer, la nuit, sur quelque grève ;
Et tantôt projetés comme une ombre du temps,

17

Semblaient, le long des mers dont ils barraient les plages,
Des promontoires noirs ou des bancs de nuages
Contre lesquels viendrait échouer le soleil
En laissant sur leurs bords un sillage vermeil.

Et je me sentais pris de regrets pour des âges
Qu'illuminait Platon, dont la parole d'or
Charmait la Grèce émue et nous ravit encor ;
Où l'art faisait des dieux, et la raison des sages ;
Qui pouvant animer l'idée et le granit,
Et consteller leur ciel d'astres à leur zénith,
N'ont jamais su tirer l'univers de ses limbes,
Et couronner leur front de ces radieux nimbes
Que la science attache à des temps moins divins.

Et, pensif, je suivais des yeux ces mondes vains
Qui, parfois, de trop près penchés sur les abîmes,
Y tombaient, et faisaient, sous leurs chutes sublimes,
Se redresser béants, siffler dans les bas-fonds,
Hydres, serpents ailés, chimères et griffons,
Élans tumultueux des gouffres vers les cimes,
Imaginations en travail d'univers,
Que, comme des Babels, Dieu garde en ses déserts !

Thébel à qui mes yeux, sous son regard de flamme,
Exprimaient ma surprise et dévoilaient mon âme :
— La science du monde et l'art qui l'embellit

Ne sont pas, mé dit-elle, enfants du même lit,
Quoiqu'ils aient tous les deux la nature pour mère.
A pas comptés, toujours, ils ne vont pas de front.
L'un, grandissant soudain, a parfois, d'un seul bond,
Parcouru tout son ciel comme les dieux d'Homère,
Que l'autre, la science, au sortir du berceau,
Joue à la terre ainsi qu'un enfant au cerceau,
Et crédule, n'ayant pour loi que son caprice,
En est aux vieux récits que lui fait sa nourrice,
Et dont elle le berce afin de l'endormir.

Mais, à son tour, plus tard, quand son heure est venue,
Quand l'étude a mûri sa raison ingénue,
Elle marche, et d'un pas qu'elle sait affermir,
Tandis que l'art recule ou languit dans l'ornière,
Elle va, l'entraînant parfois sous sa bannière.
Et ne s'arrêtant plus, fouillant et défrichant,
Elle sème, elle cueille, et s'éclaire en marchant,
Et pour guider aussi les nations barbares
A travers leurs sentiers encore ténébreux,
Sur la route des temps elle entretient ses feux,
Au bord de chaque abîme elle allume ses phares.

Et maintenant pourquoi, dans ces déserts des cieux,
Ce chaos d'univers dont s'affligent tes yeux?
Poëte, écoute-moi : quand la science humaine,
Humble et naïve encor, s'élève, l'Éternel
La voit monter vers lui d'un regard paternel,

D'autant plus doux, qu'elle est plus près de son enfance,
Et que ses jeux hardis ne cachent point d'offense.

Tel dans les arts humains un maître aimé du ciel,
Un génie au cœur tendre, aux paroles de miel,
S'il surprend son ciseau, sa palette ou sa plume
Aux mains de ses enfants enclins à l'imiter,
De leurs essais sans nom bien loin de s'irriter,
Sourit au feu naissant que son exemple allume.

Dieu n'est dur qu'à l'orgueil prompt à se révolter,
Qu'à l'orgueil de l'esprit qui n'a de confiance
Qu'en soi-même, et qui veut l'éteindre et briller seul;
Ou, s'il faut au vulgaire en laisser la croyance,
L'embaumer dans son œuvre ainsi qu'en un linceul.

Mais les élans d'amour, mais la poursuite austère
Du vrai, mais les tourments adorés du savoir,
Mais cette soif d'une eau qui brûle et désaltère,
Mais les déchirements des cieux pour mieux y voir
Celui dont ils sont l'ombre et l'éclatant miroir;
Mais l'ardeur du génie au feu de ses fournaises,
Sous l'œil du Créateur, soumettant les genèses,
Et ne lançant l'idée adulte à son assaut
Que pour crier sa gloire et son nom de plus haut,
Il les aime, il sourit à ces excès de force,
A ces emportements des séves sous l'écorce,

Alors même qu'ils vont se heurter contre lui ;
Car à ce choc divin plus d'un éclair a lui !

Le ciel est à l'amour irrité du mystère ;
Malheur à qui l'ignore ! il ignore la terre ;
Il ne sait pas que Dieu se livre aux assaillants,
Qu'il laisse de ses mains arracher le tonnerre,
Et qu'à ses yeux ravis les saints sont les vaillants !

CHANT DIX-HUITIÈME.

———

NÉCROPOLE DES CIEUX.

Or, tandis que Thébel de sa voix triomphale
Exaltait mon esprit, et, le regard en feu,
M'emportait à travers les abîmes de Dieu,
Notre nef, prise en flanc par un vent de rafale,
Donna contre une mer toute noire d'écueils,
Méotide-Palus, sorte de lac Stymphale,
Dont les flots morts avaient pour vaisseaux des cercueils !
J'eus froid, et crus sentir, ainsi que sous le pôle,
Un manteau de frimas tomber sur mon épaule.

Avec leurs grands tombeaux dressés, silencieux,
Ces bords m'apparaissaient comme un Spitzberg des cieux,
Et l'effroi sur ma lèvre arrêtait la parole !

— Nous touchons, dit Thébel, aux sombres régions
Où viennent trépasser les dieux à tour de rôle.
Drapés dans le linceul de leurs religions,
Ils sont tous là couchés, ainsi que des momies
Que dans ses souterrains le temps tient endormies.

Aucun bruit, aucun souffle, aucun rayon vermeil
Ne vient les réveiller de leur dernier sommeil.
Leurs terrestres grandeurs, leurs gloires sidérales
Ont pris l'aspect glacé des ombres sépulcrales ;
A peine si, parfois, sur ce fond ténébreux
Palpite en serpentant un éclair sulfureux.

Ces soleils dont la terre a vu les apogées,
Ces déesses, ces dieux, le ver des hypogées
Les ronge maintenant, et rongerait leur nom,
S'il n'était vide et creux comme leur cénotaphe.
Au rôle d'Harpocrate il réduit les Memnon :
Tout est muet ici, tout, hormis l'épitaphe
Que grave à chaque dieu le ver hagiographe.

Vois-tu fumer, là-bas, ce fanal que les cieux
Allument pour veiller leur grande nécropole,
Et dont le sombre éclat, de loin, rappelle aux yeux

L'Érèbe *, cet Etna, qui brûle sous le pôle ?
Eh bien, au jour tremblant qu'il jette sur ces bords,
Frayons-nous un chemin à travers les dieux morts.
Et comme de la tombe on écarte les herbes
Pour y lire les noms adorés ou haïs
Qu'avec la ronce aiguë elles ont envahis,
Déchiffrons quelques mots de ces néants superbes.

Voyons ! qu'est celui-ci ? « C'est le Fatum latin,
« Renouvelé des Grecs, de l'Inde et de la Chine.
« Aveugle, il réglait tout ! mais quelqu'un, un matin,
« Lui cassa, sans pitié, son urne sur l'échine.
« Hìc jacet ! le Destin a subi son destin. »

— Non pas en tout pays, dit Thébel ; le vieux traître
Se rit de l'épitaphe aux lieux qui l'ont vu naître ;
Il y règne toujours ! Oui, le destin fatal
Est encor le mot dieu du ciel oriental.

Et cet autre, plus bas, quel est-il ? « C'est Saturne !
« L'âge d'or a fleuri sous ce dieu taciturne,
« Qui s'appelait aussi Kronos ou bien le Temps.
« Cet immortel, jaloux de son pouvoir suprême,
« Aussitôt qu'ils naissaient dévorait ses enfants. »

* Des navigateurs assurent avoir vu, sous le pôle, un volcan qu'on a nommé l'Érèbe.

« Maintenant, pour revivre, il se mange lui-même,
« Et sa vie et sa mort sont de tous les instants. »

« Ici gît, à jamais, le vainqueur des Titans,
« Le fils dénaturé qui détrôna son père,
« Fut maître de l'Olympe et fort peu de ses sens,
« Jupiter ! que, malgré sa barbe et son tonnerre, »
— Ajoute l'épitaphe en forme de leçon, —
« Les Titans, à leur tour, ont fait rentrer sous terre. »

— Est-ce bien vrai, Thébel ? — Oui, le ver a raison.

« Ici gît, ou gisait..... Car de sa fraîche tombe,
« — Elle fermait si mal ! — l'amoureuse colombe,
« Vénus, que je croyais tenir et pour toujours,
« S'est envolée avec les Ris et les Amours ;
« Et l'épitaphe ainsi demeure inachevée.... »

« De petit dieu qu'il fut, devenu le Grand-Tout,
« Pan, qu'on avait cru mort, et qui revit partout,
« A fait comme Cypris et toute sa couvée,
« De même que ces dieux lascifs ou titubants,
« Dont la treille est le ciel, dont le ventre est le temple ;
« De la belle impudique ils ont suivi l'exemple,
« Et sont, comme Mercure, en rupture de bans. »

« Ici gît Apollon de Thymbrée ! Une pierre
« Recouvre à tout jamais le dieu de la lumière !
« Les Muses, lui défunt, n'ont plus ni feu ni lieu,
« Et disent au poëte un éternel adieu. »

— C'est ce que dit le ver ; et tous les vers de terre,
Tout ce qui grouille, et rampe, et vit de son limon,
De croire que les voix du ciel peuvent se taire,
Et qu'ils ont à ronger autre chose qu'un nom.
La poésie échappe à la dent des reptiles ;
Quand cet art semble mort, il n'est que transformé ;
Il s'ouvre d'autres cœurs, d'autres champs plus fertiles,
Pour y cueillir le grain que Dieu même a semé !

— Puisqu'à leur prix, Thébel, tu sais juger les œuvres,
Et faire ainsi la part de l'aigle et des couleuvres ;
Puisque la vérité s'exprime par ta voix,
Et que tu peux braver, de la sphère où nous sommes,
L'ignorance et l'envie avec tous leurs abois,
La poésie est-elle un tel bien pour les hommes
Qu'ils doivent la bénir comme un bienfait des cieux ?

— Sur la terre il n'est point de don plus précieux,
Qui fasse prosterner plus d'hommages sublimes ;
C'est le couronnement des gloires à leurs cimes !
C'est le premier des arts, le plus grand, le plus beau,
Et tous vont allumer leur vie à son flambeau.

Seul, il n'emprunte rien pour vivre à la matière :
Son œuvre est bien à lui, bien à lui tout entière.
Cet art est si divin que ses créations
Font, comme le soleil, le tour des nations.

Ah ! malheur au mortel qui de la poésie
Jamais avec les dieux ne goûte l'ambroisie,
Et n'a pour ses attraits qu'un sourire moqueur :
Il se ferme les cieux en lui fermant son cœur !
A force de mourir à tout ce qui fait vivre,
A la nature, à l'art, à ces œuvres de feu
Où le génie humain tient la plume de Dieu,
De sa raison glacée il se vante, il s'enivre ;
Il se croit sérieux, surtout quand l'or lui cuivre
Et lui courbe la face, et ne ride son front
Que de soucis rongeurs, acharnés à poursuivre
Des honneurs, dont souvent il achète l'affront !

Puis, glorieux, il dit : L'homme ici-bas ne pèse
Que ce que pèse l'or par ses soins entassé ;
L'or, c'est le grand creuset, c'est l'ardente fournaise
Où l'avenir s'épure ainsi que le passé.

L'avenir ! Dieu jamais n'en ouvre les royaumes
A celui qui n'a soif que des trésors d'autrui ;
Vampire, il a le sort pâlissant des fantômes.
Il a beau se parer de superbe et d'ennui,

Se croire grand ; soudain l'échafaudage tombe,
Et rend l'homme de rien au néant de la tombe.

Mais les chants éthérés du poëte vivront
Tant que le ciel aura des étoiles au front,
Tant qu'aux feux du soleil souriront les prairies,
Aux champs les épis d'or, aux mers les pierreries ;
Tant que des fleurs d'amour les cœurs s'embaumeront ;
Tant que vivra la terre, et que l'Auteur suprême
De la création poursuivra le poëme.

Et voilà ce qui fait que cet esprit de feu,
Qu'on appelle poëte, et qui ne s'alimente
Qu'au foyer où la vie éternelle fermente,
A de cet avenir qui n'appartient qu'à Dieu.

O chercheurs de trésors où la misère abonde
Lorsqu'on ne les rend pas humains et généreux,
Et qui dites que tout, hormis l'argent, est creux ;
Mais voulez-vous savoir ce que serait le monde,
S'il n'avait pour soleil, dans son ciel abaissé,
Que votre esprit opaque ou que votre or glacé ?

Eh bien ! pour un moment, éteignez les génies.
Immolez sur l'autel de leurs œuvres bénies
Moïse, Homère, Horace et Virgile et Platon,
Shakspeare et Camoëns, et Corneille et le Dante ;

Anéantissez Goëthe, et Klopstock et Milton ;
Du Tasse et de Schiller soufflez la flamme ardente ;
Enterrez l'Arioste et Racine et tous ceux
Qui, comme Caldéron, La Fontaine et Molière,
Et Michel Cervantès, ont, dans leurs nobles jeux,
Illuminé l'esprit et le cœur de leurs feux ;
Et vous verrez alors, dans votre cimetière,
Ce qui reste d'amour, de vie et de lumière.
Et, pour rendre ce reste encor plus sépulcral,
Plus intense la nuit, plus funèbres ses voiles,
Sur le front des Newton effacez les étoiles,
Et dépouillez le ciel de leur nom sidéral !

Continuons. Voici, formant un groupe unique,
Toute une légion d'immortels, que la mort
A fait pleuvoir ici des nuages du nord.
Leurs tombeaux sont couverts d'une pierre runique.
Regarde ! à leur aspect on dirait des autels.
Ces dieux, pour la plupart, ennemis des mortels,
Ont, avec les dieux grecs, des traits de ressemblance,
Et sont morts, dit le ver, d'accès de violence.

Là, Teutatès, un jour, d'un coup de sang soudain
Tomba. Plus loin, je lis : « Un éclat de sa lance
« A jeté sur ces bords le redoutable Odin,
« Le grand dieu batailleur de la Scandinavie !

« Pris entre deux glaçons, il rêve sur la vie,

« Il rêve qu'il remonte au radieux séjour

« Où les chants de l'Edda le rappellent au jour.

« Vain rêve ! vain espoir ! L'art du divin poëme

« Ne sauve point les dieux en se sauvant lui-même. » —

Cependant que Thébel me disait les destins

Des divers dieux du monde, et sous leurs cieux éteints

Évoquait le passé, lisait sur chaque pierre

Ce qu'ils peuvent laisser de bruit et de poussière,

J'aperçus deux tombeaux étagés en gradins,

Et qui semblaient fleurir ainsi que des jardins.

Ce n'étaient que lotus, festons, hiéroglyphes,

Sur lesquels tristement se perchaient des oiseaux

Qui regardaient des chiens allonger leurs museaux.

Thébel me dit alors : — De tous ces logogriphes

Tu connais comme moi le sens mystérieux ;

Ces oiseaux et ces chiens jadis furent des dieux

A qui jamais l'encens ne fit tourner la tête,

Pour que l'homme reçût des leçons de la bête.

De ces dieux aboyants, ruminants ou chanteurs,

Les maîtres se faisaient les humbles serviteurs.

Aimant mieux ne vêtir ni chair, ni poil, ni plume,

D'autres divinités se changeaient en légume,

Et végétaient aux pieds de leurs adorateurs.

L'Égypte en pullula! mais, un jour, dans sa hotte
Le Temps mit tous ces dieux et n'en fit qu'une botte.

Isis ne subit point un si triste destin.
Elle jouit encor d'un culte clandestin,
Et plus d'un habitant des pays sublunaires
Se fait initier à ses profonds mystères,
Et peut, par la vertu de leurs rites prescrits,
De degrés en degrés, aller à l'incompris.
Isis n'est-elle pas la nature en personne,
Et qui la sonde bien n'a-t-il pas tout compris?
Lutèce l'adora pour devenir Paris !

Cette sainte déesse, érigée en madone,
Eut pour époux son frère, et, de sa sœur épris,
Ce frère conquit l'Inde, enseigna l'écriture,
Et, comme sa moitié, fit de l'agriculture.
Celle-ci fut la lune, et l'autre, ô triste sort !
Soleil de son vivant, fut bœuf après sa mort.

Et les initiés, dans ces métamorphoses,
De voir de gros secrets plus gros encor de choses,
Surtout, lorsque le verre et la truelle en main,
Ils chantent le grand œuvre, et, le front ceint de roses,
Altérés de bonheur, boivent au genre humain.

Ces jeux sont innocents; mais on dit qu'on se pique
D'y mêler trop Isis à la chose publique,

Et de vouloir prouver que le grand Orient,
Seul, fait pleuvoir du ciel tous les biens en riant.

Les membres de ce corps, amoureux de frairie,
Longtemps virent en paix fleurir leur confrérie;
Lorsque dans un festin, où la fraternité
Célébrait, à huis clos, le solstice d'été,
Au moment où chacun de sa dignité d'homme
Dans le nectar des dieux goûtait l'enivrement,
La discorde, un beau jour, vint leur jeter sa pomme,
Et changea ce cénacle en un camp d'Agramant.

Depuis, ce ne sont plus que guerres intestines,
Rivalités de rang, de maîtres, d'origines,
Et toujours en querelle, à la règle insoumis,
Ces frères maintenant vivent en ennemis.

D'où sortent-ils? Isis est-elle bien leur mère?
Sont-ils contemporains du sage Salomon,
Et l'architecte Hiram serait-il leur vrai père?
Ceux-ci nous disent oui, ceux-là nous disent non.
Sans remonter si haut, un grand nombre préfère
Venir des templiers ou bien des rose-croix;
Plus d'un même, de rien !... Quant à moi, je les crois,
A leurs noms, à leurs us, leurs signes, leurs pratiques,
Fils de ces compagnons dont le monde chrétien
Admire encor partout les monuments gothiques,

Nomades ouvriers, unis par le lien
D'un art et de secrets qu'ils ont gardés trop bien.

Je les fais, sauf erreur, dater des cathédrales;
Et baptisant leur vin avec des eaux lustrales,
Je dis : Paix, gloire et joie à tous les francs-maçons;
Leurs loges ne sont pas les petites maisons.

Mais quel est donc enfin le mot de ce mystère,
Dont ils font tant de bruit à force de le taire?
Ce mot! c'est de lier d'un lien fraternel
Tous les peuples rendus à leur droit naturel;
C'est de substituer à la mitre l'équerre,
La truelle à la croix, au calice le verre;
C'est de prêcher sans prêtre, et de faire moins bien
Ce que, depuis bientôt deux mille ans, l'Évangile,
Ce vrai ciment des cœurs et de l'humaine argile,
Fait et fera toujours dans le temple chrétien.

— Thébel, quelque plaisir que j'éprouve à t'entendre;
Quels que soient ton savoir et ton âpre souci
Des choses dont partout le sens s'est obscurci,
Au triomphe espéré je n'ose plus prétendre.
Je suis las de poursuivre un projet décevant
Qui, tantôt comme un mont dont j'atteindrais la cime,
Agrandit devant moi l'horizon et l'abîme,
Ou fuit à chaque pas que je fais plus avant;

Et tantôt, quand je crois toucher enfin au terme,
Dans un cercle de mort me rejette et m'enferme.

Je voudrais en sortir ; je voudrais respirer
L'air des vivants ; j'ai soif du grand souffle des chênes ;
J'ai soif d'azur, de ciel et de sources prochaines,
Et d'aurores en pleurs dont j'aime à m'altérer.
Oh ! qu'il eût mieux valu ne point quitter la terre,
Et sans vouloir sonder l'insondable mystère,
Humblement, pas à pas, cueillir à pleines mains
Les fleurs et les fruits d'or qui bordent nos chemins !
Celui qui règle tout et sait où va la vie,
Fait à chacun sa part de bonheur et de jour,
Et se plaît à donner la meilleure à l'amour.

— La flamme éclaire mieux alors qu'elle est ravie,
M'interrompit Thébel en relevant son front :
Tu veux des eaux du lac comme le cerf qui brame,
Et moi je veux des feux qui désaltèrent l'âme,
Et qui, si tu les bois, te désaltéreront.

C'est ici que se fait l'épreuve qui délivre ;
C'est où meurent les dieux que l'homme apprend à vivre !
C'est à travers leur tombe et leur mortel affront,
Qu'il retrempe la foi, la parole et le livre.
Les esprits patients, poëte, sont les forts ;
Rien de grand ne s'obtient qu'au prix de longs efforts,
Et du suprême Auteur ces œuvres sont bénies.

O cèdres du Liban, globes d'or radieux,
Et vous, soleils de l'âme, étincelants génies,
Si votre majesté rassérène nos yeux,
Si vos fronts toujours beaux s'emplissent d'harmonies,
Si vous entretenez commerce avec les cieux ;
Si l'homme, dans l'air pur qui descend de vos cimes,
Respire à pleins poumons votre éternel printemps,
Répondez, répondez, créations sublimes,
A qui le devez-vous ? vous le devez au temps.

Le temps ! voilà le maître et la raison suprême :
Ce gardien des travaux qu'on a faits avec lui,
Contre ses propres coups les protége lui-même,
Et de leur piédestal est le plus sûr appui.

Relève donc, poëte, et ton âme et ton œuvre,
Et, quel que soit le sort, règle-les hardiment.
Les Babels ne sont rien qu'un vain entassement ;
Le désert chaque jour les gagne, et la couleuvre
Y vient siffler sans fin leur grandeur d'un moment.

Sans doute il est des fronts inspirés d'où la verve,
Tout armée et soudain, fait sortir sa Minerve,
Et cet enfantement est sublime entre tous.
Mais l'esprit en travail a des fruits non moins doux ;
Ce qui vient des douleurs, ce qui vient des épines
Ouvre à l'âme un trésor de leçons plus divines,

Verse aux cœurs en tourment plus de baume et de miel :
Oui, poëte, la ronce a sa racine au ciel,
Et l'œuvre ensanglantée est celle qui fait vivre !
Que veux-tu, maintenant ?

— T'obéir et te suivre ! —

— Nous n'irons pas plus loin ; ce qui reste de dieux
Ne nous apprendrait rien de nouveau ni de mieux.
S'ils diffèrent de nom, de rang et de stature,
Ils se ressemblent tous au fond par leur nature.
Oui, quoiqu'ils soient entre eux parfois mauvais voisins,
Les dieux, comme les rois, sont frères ou cousins. —

Ainsi disait Thébel, et moi de ses paroles,
Triste et silencieux, je méditais le sens,
Quand tout à coup, au bruit de ces derniers accents,
Je crus voir les tombeaux s'ouvrir, et les idoles
Se redresser, les yeux effarés et hagards.
Puis, comme des hiboux qu'aveugle la lumière,
Tous ces lugubres dieux, tremblant sous nos regards,
Nous jetèrent ces mots de leurs lèvres de pierre :

« Un esprit vit en nous ; sous la forme grossière
Se cache un sens profond qu'on trouve en cherchant bien.
Nous sommes bœuf, soleil, lune, oiseau, serpent, chien.
Qu'importe ? pressez-nous ; de nos lèvres décloses
Vous entendrez sortir le mot de toutes choses. »

— De l'erreur que l'on presse il ne sort que du vent,
Faux dieux, que des esprits aussi faux que vous l'êtes
Ont gonflés de vertus posthumes, qu'un enfant
Percerait, comme une outre, avec des arbalètes !
Sans doute, à vos lueurs, tant que vous n'aviez pas
Sous vos dogmes cruels outragé la nature,
Les peuples vers le bien ont pu guider leurs pas ;
Mais dès que votre esprit pour la matière impure
Eut déserté le ciel, vous ne fûtes alors
Que simulacres vains, que mensonge, imposture.
Et nul ne pourra plus rendre la vie aux morts,
Fît-il, pour vous sauver, plus de savants efforts
Que n'en osa celui qui, maître de l'empire,
Fut l'apostat du Christ en singeant ses vertus !
Oui, vous êtes bien morts ; oui, nul ne pourra plus
Ressusciter des dieux qui faisaient l'homme pire ! —

Ils voulurent parler ; mais le marbre béant
Ne put rien exprimer que ce mot seul : néant !...
Et puis tout fit silence, et soudain chaque idole
S'évanouit avec sa dernière parole.

Telles, par la vertu du nécromancien,
On voit poindre, grandir, puis se réduire à rien
Ces apparitions, ces formes fantastiques
De spectres, d'animaux, d'êtres diaboliques,
Qui nous viennent, dit-on, du temple égyptien ;
Et dont plus d'un enfant aime qu'on l'épouvante.

— Mais si, dis-je à Thébel, l'antiquité savante
N'a pu sauver les dieux du destin des mortels
Qu'ils devaient éclairer au feu de leurs autels,
Que penser de ces morts dont on évoquait l'ombre
Pour mieux voir l'avenir quand il était trop sombre?
En est-il? où sont-ils? la sibylle d'Endor
Pourrait-elle aujourd'hui les évoquer encor?

— Il en est! et le ciel peut quelquefois permettre
De les interroger et d'entendre leur voix.
Mais pour que de la vie et de la mort le maître
Laisse un moment troubler ses immuables lois,
Il faut, — soit qu'elle adjure, ou soit qu'elle gourmande, —
Que l'évocation ait la foi qui commande!

Les esprits! mais le nombre en est illimité.
Les mondes en sont pleins ; ce qui n'est pas sensible
Anime l'univers de son âme invisible.
La vie est faite d'ombre et la mort de clarté!
La mort! creuset divin où tombe toute chose,
Et qui rend épuré ce qu'elle décompose!

CHANT DIX-NEUVIÈME.

ENTRÉE DANS LA SPHÈRE DE VÉRITÉ.

Notre esquif cependant sur ces funèbres bords
Qu'aucun souffle n'atteint, qu'aucun rayon n'éclaire,
Se mouvait à grand'peine, et, parmi les flots morts,
Semblait un vaisseau pris dans la glace polaire,
Sur laquelle les dieux, affamés et hurlants,
Auraient réapparu comme un troupeau d'ours blancs.
Tant, même dans la mort, ils gardent de colère,
Et paraissent sentir combien l'esprit est prompt
A leur livrer la chair, sitôt qu'il se corrompt !

Le regard inquiet et non exempt de crainte,
J'interrogeais Thébel, qui de ce labyrinthe
De tombes et d'écueils parfois perdait le fil.
Chaque erreur, chaque choc faisait naître un péril
Qui prenait devant moi d'épouvantables formes.
Tantôt — était-ce ou non un effet de la peur? —
Je voyais s'avancer de ces poulpes énormes,
Dont le contact mortel vous frappe de torpeur ;
Tantôt d'affreux dragons, des chimères géantes,
Telles qu'il en était avant que l'homme fût,
Et qui, pour me saisir, se tenaient à l'affût
Ou me lançaient des feux de leurs gueules béantes.

Enfin, comme un condor qui du Chimboraço
Vient, lorsque l'ouragan brise quelque vaisseau,
Du naufrage à la mer disputer les épaves,
Et ne peut s'élever et reprendre son vol
Qu'après avoir rasé péniblement le sol,
Notre nef triompha de toutes ses entraves ;
Puis, loin de ces bas-fonds où pourrissent les dieux,
Ces épaves aussi des naufrages des cieux,
Sur des flots ascendants de vie et de lumière,
A travers l'infini s'éleva libre et fière !

Dans les temps reculés, avant que Magellan
Et Colomb et Diaz eussent pris leur élan,
Et laissé sur les mers cette invisible trace,
Que l'esprit voit et suit, et qu'aucun flot n'efface,

Poussé vers l'inconnu, quand le navigateur,
Qu'attiraient la merveille et l'or des Hespérides,
Après s'être avancé jusqu'aux zones torrides,
Entrait, sans le savoir, sous le sombre équateur,
Voyant les cieux noircis de nuages funèbres,
Qui lui semblaient monter des gouffres de l'enfer,
Il sentait tout à coup mollir son cœur de fer,
Et s'arrêtait, disant : C'est la mer des ténèbres,
C'est le commencement du pays de la mort !
Je n'irai pas plus loin ! Puis il virait de bord.

Mais du brûlant Cancer ayant franchi le signe,
S'il eût osé passer la redoutable Ligne,
D'autres mers, d'autres bords, l'inconnu dévoilé,
La nature surprise en travail de merveilles,
Un ciel que de son nom il aurait étoilé,
De ses rudes labeurs et de ses longues veilles
Eussent été le prix, ce prix que les humains
Cueillent en poursuivant jusqu'au bout leurs chemins.

Telles m'apparaissaient, et plus belles encore,
Ces régions du ciel que je voyais éclore.
J'avais doublé le cap de la mort ! et j'entrais
En pleine vie, ardent, aspirant à longs traits
Des effluves d'air pur, de senteurs pénétrantes,
Plus qu'il n'en vient en mer des îles odorantes,
Plus que la forêt vierge en exhale, les soirs,
Quand l'arbre et la liane ouvrant tous leurs calices,

Et chantant leurs hymens débordants de délices,
Balancent devant Dieu leurs milliers d'encensoirs.

J'étais ivre d'amour; je me sentais renaître
Dans ce ciel inconnu que je croyais connaître.
Ce que j'avais rêvé, désiré de savoir,
Ici prenait un corps, et je pouvais le voir.
Ces aspirations, ces fécondes pensées,
Qui portent l'avenir et qu'on trouve insensées,
Mon esprit les suivait dans leur essor humain;
Je les voyais parfois s'allumer en chemin,
Et jeter dans la nuit d'éblouissantes gerbes.

Et j'admirais combien de sublimes vertus,
Pour s'élever à Dieu, se cachent sous les herbes,
Et ces humilités m'apparaissaient superbes!
Puis je m'aventurais aux sentiers non battus,
Et j'allais, transporté de joie et de surprise,
De l'idée accomplie à l'idée incomprise.
Je m'assurais combien l'aveugle humanité
Prend l'ombre pour le jour, le réveil pour le songe;
Je voyais ce qui fait l'éternelle beauté;
Quel fil d'azur et d'or, sous l'apparent mensonge,
Unit la poésie avec la vérité.

La vérité! mes yeux la cherchaient dans l'histoire
Où trop souvent, hélas! l'erreur en tenait lieu.

Tout m'y semblait petit et faux comme sa gloire :
Je ne voyais grandir que ce qui vient de Dieu !

Puis dans son sanctuaire adorant la nature,
Si longtemps condamnée à vivre d'imposture,
J'assistais à son œuvre, aux mystères sacrés
Des sexes, des hymens devant Dieu célébrés ;
Et je voyais le fruit sortir de la semence,
Et jusqu'où peut s'unir, de degrés en degrés,
Le règne qui finit au règne qui commence !
Et m'enivrant d'amour dans son sein maternel,
Buvant comme un lait pur ses sucs les plus intimes,
Je l'écoutais chanter sur des modes sublimes
Les variations de son thème éternel !

Puis, plus avant toujours plongeant dans les abîmes,
Je regardais comment cette matière d'or,
Que l'œil ne perçoit pas tout le temps qu'elle dort,
Se révèle en vibrant, se condense en étoile.
La comète, à travers les longs plis de son voile,
Me disait : Viens donc voir si dans le firmament
Je ne suis pas un astre à son commencement.

Mais la laissant errer, et rentrant dans ces sphères
Qui nous jettent des feux que nous leur renvoyons,
Je vis s'enveloppant de ses deux atmosphères,
Dont l'une est diaphane, et l'autre a des rayons,

Rouler un corps immense et qui semblait opaque :
C'était notre soleil avec son zodiaque !

Foyer ardent de vie et de biens radieux,
Dont la cause parfois variait à nos yeux,
L'astre entraînait toujours, dans son puissant orbite,
Les planètes, la terre et son blanc satellite ;
Et leur beauté, leur nombre et leurs formations,
Croissaient en redoublant mes admirations.
J'en voyais qui germaient ; d'autres, à peine écloses,
Qui semblaient bégayer le mystère des choses,
Les secrets de la vie et des créations !

Thébel qui, comme moi, demeurait en extase
Devant ces grands foyers de substance et d'amour,
Où le temps, dans l'espace, élabore le jour :
— Si de la vérité le feu divin t'embrase,
Si d'en toucher le seuil le sublime souci
Te poursuit, me dit-elle, eh bien ! nous y voici !

Nous sommes revenus à ce lumineux centre,
Que ton œil, faible encor, n'avait fait qu'entrevoir.
Divin laboratoire, immense réservoir,
D'où toute chose vient, où toute chose rentre :
De la création c'est l'éternel miroir.
Mais pour y regarder l'incessante genèse,
Pour éclairer notre âme au feu de sa fournaise,
Pour cueillir, dans son germe, un grain de vérité,

Il fallait rendre au vent, comme une paille aride,
Tout ce que dans l'esprit l'erreur a rendu vide,
Tout ce que dans le cœur le mensonge a gâté. —

A peine elle avait dit, soudain je crus entendre
Les étoiles chanter ; les constellations,
Dans des accords divins que je pouvais comprendre,
Célébrer leurs hymens et leurs attractions.
Et puis je les voyais d'astre en astre s'étendre,
S'unir à d'autres chœurs qui, de leur chant béni,
Sans l'atteindre jamais, poursuivaient l'infini.
L'infini ! ce grand sphinx, ce problème du Maître,
Qui, se posant partout, ne peut pas ne pas être !

J'étais tremblant de crainte et d'amour à la fois ;
Je n'osais respirer, je retenais ma voix,
Et dans cette anxieuse et solennelle attente,
Ma pensée agrandie et comme haletante,
Affluait sous mon front à le faire éclater.
Tous ces mots : l'infini, l'éternité, l'espace,
La matière, le temps, la vie, éclair qui passe,
Je croyais les saisir et les voir palpiter.

Mais aussi dans ma tête ils venaient se heurter ;
Et mon esprit alors se chargeait de nuages,
Et j'entendais des bruits comme en font les orages.
— Pitié, Thébel, pitié, m'écriai-je, éperdu ;

L'atome a peur de Dieu ; l'approche de l'oracle
M'anéantit. Je crains d'ouvrir le tabernacle,
Et de toucher au fruit que l'on dit défendu.

— Ce fruit, au nouvel arbre où Dieu l'a suspendu,
Ta main peut le cueillir. Semé dans la souffrance,
C'est le fruit du savoir et de la délivrance.
Tu peux gagner par lui plus que tu n'as perdu,
Comprendre de l'amour l'ineffable miracle ;
Tu peux voir l'invisible, ouïr l'inentendu.
Silence, vieilles voix du passé ! vieil oracle,
Tais-toi ! Dieu va parler ; le voici, le voici,
Qui te crie, à son tour : Profane, loin d'ici !

Des profondeurs du ciel alors se fit entendre
Une voix dont l'accent, harmonieux et tendre,
M'emplit de cet amour qu'éprouve à son réveil
L'enfant qui voit sa mère et lui rit au soleil.
C'était comme le son argentin de la cloche
Qui tinte dans l'aurore et dit : Approche, approche.
Tout semblait s'attendrir à ce divin appel
Où se mêlaient des mots d'hymen universel ;
Les cieux y répondaient, et, soulevant leurs voiles,
M'en renvoyaient l'écho d'étoiles en étoiles.

CHANT VINGTIÈME.

———

DIEU.

— Il est heureux, il est béni,
 Celui qui cherche à me connaître,
 Qui me trouve au fond de son être
 Et m'atteint dans mon infini.

Le ciel est à la violence,
 Aux assauts enflammés d'amour;
 Du roc frappé l'onde s'élance,
 Du même choc jaillit le jour.

19

Je réponds à qui m'interpelle :
Je suis la force et la douceur ;
J'apprends mon nom à qui l'épelle
Dans la simplicité du cœur.

Je crée incessamment ; jamais je ne repose ;
Je vois, j'embrasse tout d'un regard paternel ;
Le passé, l'avenir pour moi sont même chose,
          Je suis le Présent-Éternel !

Rien ne vit que par moi : de mes œuvres fécondes
          , L'éther sans limite est comblé ;
Ma main dans mes sillons sème les grains de mondes
Comme l'homme en son champ sème les grains de blé ;
Et de leurs globes d'or j'illumine l'espace,
Et chacun à son tour, d'êtres divers peuplé,
          Frissonne d'amour quand je passe,
Quand je vais réjouir d'un souffle ou d'un réveil
La tombe et le berceau, l'insecte et le soleil.

La terre, éclose ainsi, qui voit à sa surface
L'être humain qu'en son jour je fis pour l'habiter,
          A plusieurs fois changé de face
          Avant de pouvoir le porter.

Leur genèse n'est pas la même ;
L'homme ne date que d'hier ;
Mais qu'il sache bien que je l'aime ;
Que mon amour le rende fier,

Humblement fier d'avoir une âme
Qui de moi-même est un reflet,
Qui ne meurt point, qui me proclame,
Et m'affirme parce qu'elle est.

Je l'ai fait son juge : il est libre,
Et plus grand que tous les grands corps
Dont le cours réglé s'équilibre
Sans qu'ils sachent par quels accords.

Il sort d'une tige commune ;
La vertu seule fait le rang ;
Il est divers, sa race est une
Comme la couleur de son sang.

Le plus noble est celui qui jusqu'à moi remonte ;
Mais je n'éclaire, par degré,
Que le cœur qui lave sa honte,
Que l'esprit qui s'est épuré.

J'encourage les voix timides ;
J'ai pitié des gémissements ;
Je cueille aux bords des yeux humides
Leurs perles et leurs diamants.

Je lis au fond des consciences ;
J'absous l'erreur de bonne foi ;
Et je condamne les sciences
Qui savent tout, excepté moi.

Devant l'univers qui m'atteste,
L'insensé dit que je me tais ;
Il m'exile, quand tout proteste,
De sa mécanique céleste,
En vertu des lois que je fais !

O vanité de l'œuvre humaine,
Qui, sans moi, veut tout pénétrer ;
Qui de ciel en ciel se promène,
Mesure, explore mon domaine,
Et ne sait pas m'y rencontrer !

Elle entasse nombre sur nombre,
Comme Pélion sur Ossa,

Puis elle s'engouffre dans l'ombre
Avec les monts qu'elle entassa.

Le calcul seul ne peut m'atteindre ;
Il faut des ailes au savoir ;
Il lui faut l'amour pour m'étreindre,
Les yeux de la foi pour me voir.

La Foi, l'Amour et l'Espérance,
Dans ces trois mots tout est compris,
Et le savoir n'est qu'ignorance
Quand l'orgueil les a désappris.

Malheur à ceux qui les font taire !
Qui, n'aspirant qu'au néant seul,
Voudraient y voir tomber la terre
Comme un cadavre en son linceul !

Funèbre espoir d'esprits immondes,
De nains devant ma grande loi,
Croyant m'intercepter les mondes
En se plaçant entre eux et moi !

Je suis visible sous mes voiles ;
Dans les plaines du ciel je veille, et d'un œil sûr,
Comme un ardent troupeau, je mène les étoiles,
Et j'abreuve leur soif dans mes vagues d'azur.

Et, loin de la route prescrite,
Si quelque aveugle corps va se perdre parfois,
Si je laisse tomber l'homme et l'aérolithe,
C'est pour mieux attester mes lois.

Le mal n'est rien qu'une apparence ;
Le désordre n'est que d'un jour ;
Le trépas est la délivrance,
La clef de l'éternel séjour.

Que l'homme espère en moi s'il souffre :
S'il déchoit, qu'il espère encor :
Le plomb qui tombe au fond du gouffre,
Dans mon creuset se change en or.

Ah ! pourquoi donc prend-il le vertige aux abîmes,
Et faisant chanceler sa raison et ses pas,
Ose-t-il m'imputer ses chutes ou ses crimes,
Et les maux qu'il ne comprend pas !

Je suis la vie et la lumière :
Tout reçoit et dit mes bienfaits ;
Mais en moi n'est pas la matière,
Je ne suis point ce que je fais !

Je vis, je vis en dehors d'elle,
Et je donne aux cieux la beauté,

Afin que l'âme, à ce modèle,
S'épure ou demeure fidèle,
Et qu'elle vienne à tire-d'aile
Au sein de mon éternité..... —

.   .   .   .

.   .   .   .

La grande voix se tut, et j'écoutais encore ;
Tout priait, tout chantait, tout devenait sonore.
L'hymne embrasé d'amour, en spirales de feu
Montait et déroulait ses strophes d'harmonies,
Tandis que s'unissant au concert des génies,
Les soleils encensaient la parole de Dieu ;
Ineffables accords, comme les basiliques
A peine en font ouïr des échos affaiblis,
Quand l'orgue s'émouvant au bruit des saints cantiques,
Quand les brasiers sacrés, les cœurs purs et les lis
Redoublent de parfums et d'accents angéliques.

Mon âme était ravie en extase, et pourtant
Une sainte terreur me tenait haletant,
Comme si dans ce ciel quelque grand coup de foudre
Allait se faire entendre et me réduire en poudre,
Comme si j'allais voir marcher Adonaï
Sur la nue et l'éclair d'un nouveau Sinaï.

Mais nul courroux divin ne me montra sa face,
Et la mort ne fit point expier mon audace.

Je sentis seulement comme un souffle de feu
Passer et me laisser quelque chose de Dieu.

Je regardai Thébel, et, reprenant courage,
Sur son sein palpitant j'apaisai mon orage,
Et j'osai, plein d'amour, jeter dans l'infini
Un saint nom qu'entre tous les peuples ont béni.

« Source de vérité, Dieu de qui tout découle,
« Qui vois d'un œil serein ce que les océans,
« Ce que les cœurs humains, abîmes plus béants,
« Font monter jusqu'à toi de clameurs et de houle ;
« Permets qu'à deux genoux, vers ta sérénité,
« J'élève ma prière et mon anxiété.
« Parle ; d'un mot encor daigne éclaircir un doute,
« Un grand doute qui fait tout trembler à mes yeux,
« Et qui pèse sur moi du poids croulant des cieux.

« La terre, dont tes lois ont tracé le chemin
« Qu'elle suit dans le ciel comme font les étoiles,
« Et qui, de siècle en siècle, apprend au genre humain
« A lire un mot de plus des choses que tu voiles,
« La terre avec douleur voit l'homme, ingrat enfant,
« Tout gonflé d'un savoir où son esprit se glace,
« Élever contre toi son doute triomphant,
« Et s'en glorifier pour usurper ta place !
« Sa vie est une fièvre ; il n'est ardent et prompt
« Qu'à poursuivre des biens fugitifs qu'il corrompt.

« Il veut jouir, et souffre ; et sa raison superbe,
« Se trompant de chemin et manquant le bonheur,
« T'accuse de silence, ou blasphème ton Verbe.
« Père, le Christ est-il ton fils, Notre-Seigneur ? »

A ces mots tous les cieux déchirèrent leurs voiles ;
La terre m'apparut, et, couronné d'étoiles,
Je vis, je vis le Christ, sur le globe penché,
Qui lavait dans son sang les taches du péché ;
Et d'apôtre en martyr, de vierges en archanges,
J'entendis au milieu d'un concert enflammé
De toutes les vertus, de toutes leurs louanges,
De tous les vrais savoirs purs d'ombres et de fanges,
Une voix qui disait au monde ranimé :

OUI, LE CHRIST EST LE VERBE ET MON FILS BIEN-AIMÉ !

.   .   .   .
.   .   .   .
.   .   .   .
.   .   .   .

Quand les échos divins de la voix éternelle
Se furent ralentis ; quand la création,
Jusqu'en ses profondeurs remuée et hors d'elle,
Put revenir enfin de son émotion,

Un invisible esprit me toucha de son aile,
Et j'éprouvai soudain ce doux apaisement
Qui, dans les nuits d'été, tombe du firmament.
J'eus un songe, et mon âme, en extase ravie,
Crut comprendre le sens et le but de la vie.
Je voyais que la foi, la science et l'amour
De leur triple union faisaient naître le jour.

Et mon regard charmé devant cette merveille
Suivait, de fleur en fleur, le travail d'une abeille,
Qui dans chaque calice allait puiser un miel
Tout embaumé des sucs de la terre et du ciel !

Et de ce miel aussi je composais mon œuvre.
Je disais à la mort : Où sont tes aiguillons ?
Qu'as-tu fait de ton dard ? à l'antique couleuvre ;
Et, soumis à ma voix, les hydres, les lions,
Léchaient mon pied vainqueur de leurs rébellions.

. . . .
. . . .
. . . .

.   .   .   .

Combien de temps dura ce triomphe, ce rêve?
Je ne sais. Seulement, lorsque j'ouvris mes yeux
Dessillés des erreurs qui font mentir les cieux,
Accoudé contre un roc, je me vis sur la grève,
Au bord du même cap d'où j'avais entrepris
Ce voyage vers Dieu que la mort seule achève,
Ce tour ailé du monde à travers ses esprits.

Les mêmes vents jaloux tourmentaient les mélèzes.
La mer montait toujours et jetait ses hauts cris :
C'était l'heure où les flots s'indignent des falaises ;
La lune se levait et semblait les presser,
Tandis qu'en se couchant le soleil, qui l'éclaire,
Envoyait devant lui l'aurore l'annoncer
        A d'autres pays de la terre.

TABLE DES MATIÈRES.

Pages.

Préludes. 1

Chant premier. — L'Angleterre. 29

Chant deuxième. — La Grèce. 37

Chant troisième. — Suite de la Grèce. 51

Chant quatrième. — L'Italie. 67

Chant cinquième. — L'Allemagne 85

Chant sixième. — La Russie. 95

Chant septième. — La Scandinavie. — Les Régions polaires. 107

Chant huitième. — L'Espagne 117

Chant neuvième. — La France. 127

Chant dixième. — L'Orient 145

Chant onzième. — Le grand Archipel indien. 159

Chant douzième. — L'Amérique 179

Chant treizième. — L'Australie. — La Nouvelle-Zélande . . 201

Chant quatorzième. — Genèse des mondes 211

Pages.

CHANT QUINZIÈME. — Le Bouddha. 223

CHANT SEIZIÈME. — Mahomet. — Brahma. — Zoroastre. . . . 233

CHANT DIX-SEPTIÈME. — Mondes grecs. 253

CHANT DIX-HUITIÈME. — Nécropole des cieux 263

CHANT DIX-NEUVIÈME. — Entrée dans la sphère de vérité . . 281

CHANT VINGTIÈME. — Dieu. 289

FIN DE LA TABLE.

ERRATA.

Page 89, vers 18, au lieu de *les cités*, lisez *la cité*.
Page 137, vers 2,   —   *l fait*, lisez *Il fait*.
Page 142, vers 17,   —   *coures*, lisez *course*.
Page 214, note,   —   *celel*, lisez *celle*.

Paris. — Imprimé par E. Thunot et Cᵉ, 26, rue Racine.